우울한데 꽃은 피고

우울한데 꽃은 피고

초판 1쇄 인쇄 2020년 4월 16일
초판 1쇄 발행 2020년 4월 23일

지은이 나겨울
책임편집 조혜정
디자인 그별
펴낸이 남기성

펴낸곳 주식회사 자화상
인쇄,제작 데이타링크
출판사등록 신고번호 제 2016-000312호
주소 서울특별시 마포구 월드컵북로 400, 2층 201호
대표전화 (070) 7555-9653
이메일 sung0278@naver.com

ISBN 979-11-90298-73-5 03810

이 도서의 국립중앙도서관 출판예정도서목록(CIP)은 서지정보유통지원시스템 홈페이지
(http://seoji.nl.go.kr)와 국가자료공동목록시스템(http://www.nl.go.kr/kolisnet)에서
이용하실 수 있습니다.(CIP제어번호: CIP2020014569)

"잘 지내세요?" 사는 게 정말 맘 같지 않네요

우울한데 꽃은 피고

나겨울 에세이

자화
상

살다 보면 매일이 괜찮을 수는 없습니다.

오히려 지루하도록 평범하고

지겨울 정도로 외로운 하루들이 반복된다고 느끼죠.

좋은 사람은 어떤 건지,

잘 살고 있는 건지 자주 헷갈리고

쉬운 일이 하나도 없어서 하루조차 어렵기도 할 거예요.

무언가를 지키는 것도, 자신을 지키는 것도 너무 버거운 세상에서 마음을 부여잡는 분들을 위해 적었습니다.

우울해도 꽃은 피더군요.

우리의 매일이 지는 기분이더라도 괜찮아지고 있음을,

가끔은 피어나기도 하고 있음을 잊지 않았으면 좋겠습니다.

그리고 만개한 계절 안에서 상처를 치유 받으며
소소한 행복을 찾으시길 늘 응원하겠습니다.

봄의 시작에서

나겨울

Table of Contents

2장 그 많은 위로도 위로되지 않았던

3장 누구보다 나답게 사는 일

1장

오늘도 고생했어. 그 마음 지키느라

외로운 날에는 라디오

따뜻하고 다정한 이야기에
귀 기울이면 세상이 좀 추워도 괜찮아졌던
그때가 생각나서 듣지 않을 수 없다.

형제가 없어서 다소 외로운 유년시절을 보냈다. 그때
나의 밤을 채워주던 건 라디오였다.
지금과는 다르게 워크맨으로 라디오를 들었던 시절,
디제이의 목소리와 음악은 별이 쏟아지는 꿈을 꾸게
해주는 친구였다.

지금도 가장 외로운 날에는 사람을 찾지 않고 라디오
를 듣는다. 재밌는 이야기를 하다가도 슬픈 노래가 나
오는 게 좋고, 슬픈 이야기를 하다가도 밝은 노래가 나
오는 게 좋아서 꾸준히 찾는다.

마음이 배고파서 계속 듣는다. 따뜻하고 다정한 이야기에 귀 기울이면 세상이 좀 추워도 괜찮아졌던 그때가 생각나서 듣지 않을 수 없다.

잠에 들기 전에 들으면 잠들고 나서까지 함께 해줄 것 같은 라디오. 비디오가 아무리 커져도 오디오가 작아지지는 않았으면 좋겠다.

마음 건강

사람은 같은 일을 하고, 같은 일을 겪어도 아픈 곳이 전부 다르다.
그러니 왜 나만 아프지, 라고 생각할 필요가 없다.

손목이 오랫동안 욱씬거려서 동네 한의원에 갔다.

의사 선생님은 할머니와 성당을 같이 다니는데 다정한 분이시다. 그래서 아픈 곳뿐만 아니라 이것저것 물어 봐주신다.

선생님 말씀에 따르면 진짜 아픈 곳은 그런 대화에서 나온다고 한다. 늘 누군가의 이야기를 들어주는 게 일인 내게 그 시간은 참 소중하다.

손목이 아픈 이유에 대해 설명을 듣다가 선생님께 질문했다.

"다들 오른쪽 손목을 많이 쓰는데 왜 저만 유난히 아프죠?"

그러자 선생님이 웃으며 대답하셨다.

"그건 '왜 저는 강호동처럼 힘이 세지 않죠? 장동건처럼 생기지 않았죠?'라고 물어보는 것과 같은 질문이에요."

그러고는 이런 말을 덧붙이셨다.

"똑같이 긴장되는 시험기간에 어떤 친구는 머리가 아프고 어떤 친구는 배가 아파요."

두 가지의 예를 듣고 보니 이해가 되었다.

사람은 같은 일을 하고, 같은 일을 겪어도 아픈 곳이 전부 다르다. 그러니 왜 나만 아프지, 라고 생각할 필요가 없다. 사람마다 약한 곳이 다를 수밖에 없다.

유난히 약한 부분으로 먼저 온다는 통증이 선생님 말씀을 듣고 처음으로 다행이라는 생각이 들었다. 그리고 선생님은 아픈 게 좋은 거라고 말씀하셨다. 통증을 느끼니까 손목을 더 조심하게 되고, 그러면 회복이 빠를 거라고 하셨다.

사람의 마음도 같을 것이다.

아픈 걸 알았으니 이제 마음을 더 챙기게 될 것이고,

통증의 원인이 되는 것도 조심하려고 할 테니까.

아프다고 서러워만 할 것이 아니다. 어떤 통증에 대해

깨닫고 회복하면 몸도 마음도 더 건강한 사람이 되는

것이다.

가지런한 마음으로

사람도 마찬가지다.
당장의 조급함 때문에 마음을 더 어지럽히지 않았으면 좋겠다.
당장 정리되지 않는 마음은 시간이 필요할 테니 말이다.

방 안이 어지럽혀진 채로 새로운 물건을 들이면 그 물건마저 어디에 뒀는지 몰라 잃어버리기 쉽다.

또 방 안은 더 엉망이 되어버린다. 그래서 먼저 정리가 필요하다. 새로운 물건은 그 후에 들여도 늦지 않다.

사람도 마찬가지다. 조급함 때문에 마음을 더 어지럽히지 않았으면 좋겠다. 당장 정리되지 않는 마음에게는 시간이 필요할 테니 말이다.

엉망인 마음부터 차분히 정리될 때까지 기다리자. 물

건이든 사람이든 그렇게 가지런해진 마음과 환경에 들이기로 하자.

떠나지 못하는 이유

공간이 주는 위로도 있지만 그렇게 넓고 긴 강이,
천변이 안아주는 거대한 손길은
내가 이 동네를 떠날 수 없는 이유 중 하나가 되었다.

우리 집 앞에는 강이 흐른다.

한강처럼 크고 잘 정리되어 있는 건 아니지만, 정말 좋아하는 강이다.

어릴 때 이 동네로 이사를 와서 24년째 살고 있는데 변함없이 한곳에 있는 그 강이 요즘 나의 위로가 되어 준다.

사람과 사랑, 계절도 모두 변하는데 오래 한곳에서 변치 않음으로 나를 위로해주는 그 자연이 고맙게 느껴지는 것이다.

그 고마운 강의 사계절을 지켜보고 있으면, 그 시간을 따라 나도 흐르고 모두 흘러가는 듯하다. 그렇게 변치 않는 강이 우리를 어디론가 보내주고 있음을 생각한다.

세월을 품어주는 그런 존재.
공간이 주는 위로도 있지만 그렇게 넓고 긴 강이, 천변이 안아주는 거대한 손길은 내가 이 동네를 떠날 수 없는 이유 중 하나가 되었다.

여전히 성장하는 어른

이제부터 배우고 싶은 걸 적어두고 하나씩 배워보려고 한다.
태어나서 하나씩 배워나갔듯이,
좋아하는 걸 배우면서 삶도 배워가고 싶다.

버킷리스트가 한참 유행하던 시기가 있었다.

그 시기에 버릿리스트를 적을 수 있는 다이어리나 관련 서적이 많이 팔려나갔다는 기사를 어렴풋이 본 것같다. 그리고 나도 그들 중 한 명이었다. 안타깝게도 그건 어디에 두었는지도 모르게 잊혔지만 말이다.

그래도 일상에서 문득 하고 싶은 일이 떠오를 때가 있다. 드라마나 예능 프로그램에서 도전하는 것을 봐도 그렇고 예전부터 하고 싶었는데 미루고 미루다 잊었던 게 갑자기 다시 생각날 때도 그렇다.

이제부터 배우고 싶은 걸 적어두고 하나씩 배워보려고
한다. 태어나서 하나씩 배워나갔듯이, 좋아하는 걸 배
우면서 삶도 배워가고 싶다.

나는 내가 배우는 걸 멈추지 않았으면 좋겠다. 어린아
이에서 정말 어른이 되었다고 생각해도 말이다.

부디 선한 사람이기를

타인이 겪은 고통은
내가 함부로 이야기할 수 있는 것이 아니다.

마음속에 있던 응어리를 세상에 소리칠 수 있는 용기
가 참 멋지다고 생각했다.

그래서 처음으로 눈살이 찌푸려지는 뉴스를 끄지 않고
똑바로 응시하며 경청했다.

눈과 귀를 모두 열어도, 아무리 더 마음을 열어도 그
사람의 고통을 전부 이해할 수 없다는 걸 알기에 무엇
보다 앞서 이를 똑바로 마주하려고 해봤다.

누군가는 인권을 이야기하고 누군가는 거짓말을 이야
기하고 누군가는 동정을 이야기하지만 나는 그 사람의

인생을 읽었다.

타인이 겪은 고통은 내가 함부로 이야기할 수 있는 것이 아니다.

오로지 '그랬구나.' 하며 생각해줄 사람이 많지 않은 세상에 용기 내어 말했다는 건 그 사람이 정말 용기 있는 사람이라는 걸 뜻한다.

그저 그 점을 칭찬하고 싶었다. 먼저 해내지 못한 사람들에게 따라 용기를 주는 그 용기를.

부디 선한 사람이길 바란다.

누군가의 용기에 용기를 얹어줄 수 있길 바란다.

그리고 그 사람의 목소리가 세상 어두운 곳과 밝은 곳 모두에 닿기를 간절히 소망한다.

내일은 오늘보다 괜찮을 거야

끼니 거르지 말고 아프지 않았으면 해.
내일은 분명 오늘보다 더 괜찮을 거야.

밥은 먹었어?

잠은 잘 잤어?

마음은 좀 괜찮고?

나는 언제나 너를 걱정하는 사람이야.

오늘도 잠은 잘 잤는지, 밥은 먹었는지 온종일 궁금했
어. 마음 아픈 일은 없었는지 그런 마음을 툭툭 건드려
더 아프게 하는 사람은 없었는지 걱정하고 있었어.

힘들어도 밥 잘 챙겨 먹고 잠도 일찍 자려고 해야 해.

새벽에 깨어 있을수록 너를 괴롭히는 생각들이 많을

거니까.

날씨 추우니까 옷 잘 챙겨 입고 잘 때도 이불 따뜻하게 덮어야 해. 몸이 아프면 마음도 더 아프니까. 네가 늘 건강했으면 좋겠어.

세상 공기에 대한 온도 차이를 극복하고 나아갔으면 좋겠어. 금방 극복하라고 강요하는 사람들의 말을 들을 필요는 없어. 넌 지금도 충분히 잘하고 있으니까.

그러니 숱한 고민으로 잠을 못 자는 날이 줄었으면 좋겠다. 언제나 진심으로 네가 행복을 향해 가고 있다고 믿었으면 좋겠고.

거창한 행복까지 아니더라도 일상에 소소함을 챙기면서, 네 마음도 챙기면서 말이야.

오늘도 고생했어. 그 마음 지키느라.
밥도 챙겨 먹고 잠도 잘 자길 바라.
끼니 거르지 말고 아프지 않았으면 해.
내일은 분명 오늘보다 더 괜찮을 거야.

새해 다짐 다섯 가지

지키는 날보다 다짐하는 날이 더 많지만,
새해는 꼭 사람을 다짐하게 만든다.

새해가 되면 이번에는 밀리지 않고 쓸 거라며 다이어
리를 주문하고 다 지키지 못할 것들을 나열해서 적어
본다.

지키는 날보다 다짐하는 날이 더 많지만, 새해는 꼭 사
람을 다짐하게 만든다. 그래서 작심삼일로 가지 않았
으면 하는 다짐을 나도 딱 다섯 가지만 적어봤다.

1. 남과 비교해서 나를 미워하지 않기
2. 몸도 마음도 건강하게 챙기기
3. 나만의 행복을 끊임없이 찾기

4. 꿈과 목표에 대한 희망 잃지 않기

5. 사랑하는 것들을 더 사랑하기

내가 나아가고 있다는 사실만으로

생겨나는 희망이 좋다.

열정이 낭비되지 않고 있는 느낌.

앞으로도 하고 싶은 걸 하면서

살 수 있을 것 같은 느낌.

그래서 결국 행복의 곁에

자주 서 있을 것 같은 느낌이 좋다.

계획대로 실행되지 않고

정해놓은 경로를 매번 이탈하게 되는 게 삶이지만,

빨간 불이 들어올 때까지 달리고 나서야

고장이 난 걸 알아채지 않았으면 해.

직진만 있는 게 아니야.

유턴도 선택할 수 있어.

같은 사람이 되지 말자

무례한 일에 친절하지 말자.
가치 없는 일에 연연하지 말자.
미워하는 일에 시간 낭비 말자.

지나친 자기반성을 하는 성격 탓일까. 계속해서 생각
해보면 내 탓인 것만 같고, 처음에는 억울하고 화가 나
던 일이 곧잘 나의 잘못으로 여겨졌다. 그래서 사과하
지 않을 일에도 미안하다고 했고 나를 더 작아지게 만
들었다. 또 관계를 그르치기 싫어 차라리 내 탓으로 해
버리는 게 쉽다는 생각도 더러 했었다.

이제는 그러기가 싫어졌다. 딱 싫어졌다는 표현이 맞
다. 무례한 일에 예의를 지켜가며 참는 일도, 가치 없
는 것에 가치를 두며 연연하는 일도, 그런 사람을 미워

하며 시간을 낭비하는 일도. 자주 있는 것도 아니지만 이제 그런 일을 만나게 된다면 좀 더 현명하게 대처하고 싶다.

그렇다고 똑같이 무례한 사람이 되고 싶은 생각은 없다. 나를 사랑하는 일에 더 가까이 가고 싶은 거고, 나에게 잘못과 책임이 있는 쪽으로만 기울이던 과거를 반복하고 싶지 않은 것이다. 가끔은 기분 나쁘지 않게 거절도 하고, 과거에 유사한 일까지 모두 꺼내 나를 낮추지 않고 싶다. 또 나를 그런 길로 걷게 한 사람을 미워하기보단 이런 생각을 하며 발전한 나를 칭찬해주고 싶다.

무례한 일에 친절하지 말자.
가치 없는 일에 연연하지 말자.
미워하는 일에 시간 낭비 말자.

마음 비우는 버튼

다 비웠다고 생각해도 살다 보면 걱정거리는 분명 또 생기겠지.
그래도 가끔 휴지통 비우기 버튼을 누르듯,
마음에 전원이 꺼지지 않게 비워줘야 해.

일일이 신경을 쓰고 살면 마음에 전원이 언제 꺼질지 몰라. 그렇게 전원이 꺼지고 나면 자신에게는 더 신경을 쓸 수 없을 거야.
그러니 가끔 신경을 쓰지 말라는 말을 들으면, 지금 얼마나 많은 것에 신경을 쓰며 사는지 생각해봐.

짐작했던 것보다 버려야 하는 생각이 분명 더 많을 거니까.
다 비웠다고 생각해도 살다 보면 걱정거리는 분명 또 생기겠지.

그래도 가끔 휴지통 비우기 버튼을 누르듯, 마음에 전
원이 꺼지지 않게 비워줘야 해.

그렇게 마음을 지켜내야 해.

그래도 아름다운 청춘

좋아하는 것을 하며 살고 싶다고 말했다.
그러면 왠지 내 청춘은 20대에서 끝나지 않을 것 같다고.

청춘을 배운다.

아름답기만 하지 않아서 아름다운 순간들이 더 마음에

와닿는 우리의 청춘을.

청춘의 사전적 정의는 만물이 푸른 봄철이라는 뜻으로

10대 후반에서 20대에 걸치는, 인생의 젊은 나이 또는

그 시절이라고 한다.

갑자기 잊고 있던 이런 단어의 뜻을 보고 나면 시간이

아깝다는 생각이 든다.

지금도 1분 1초 열심히 흘러가고 있는 시간을 어떻게

보내고 있는지 반성도 하게 된다.

좋아하는 것을 하며 살고 싶다고 말했다.
그러면 왠지 내 청춘은 20대에서 끝나지 않을 것 같다
고. 언제든 원할 때, 지금처럼 추운 겨울에도 봄을 만
날 수 있을 것 같다고 그렇게 말이다.
그래서 차곡차곡 나라는 사람을 쌓아간다. 가끔 무너
질 것 같아 누군가 꽉 붙들어주어야 하지만, 20살을 매
년 반복하는 마음으로 산다.

생각보다 아름답게 느껴지지 않을 때가 많다.
청춘이라는 예쁜 단어가 현실과는 거리가 멀게 느껴지
고 결국 이상적인 게 되어버리는 게 서글펐다. 그래서
아름답게 빛나는 순간에 따라 아름다워 보이는 웃음을
짓지 못한 것이 아닐까 싶다. 그때마다 내 웃음이 쓸쓸
해 보이는 탓도 그 때문이었으리라.

그래도 아름답던 순간이 유난히 아름답게 기억되는 이
유도 그것 때문이었을 거다.

아프고 쓰릴 때가 더 많아서, 그런데도 그 마음을 붙잡고 다시 살아야 해서.

그런 일상의 틈에서 만난 청춘의 아름다운 조각들이 반짝거릴 때마다 다시 힘을 냈을 테니까.

행운과 행복의 일상

당신이 내려놓은 만큼 행복이 안아줄 거니까 부디
애쓸수록 멀어지는 것에는 더 손을 뻗지 말아요.

멀리 돌아가는 길이 힘들어도 그 길에서 뜻밖의 행운
과 사람을 만나게 되기도 합니다.

그래서 꼭 지름길로만 빨리 가려고 하지 않았으면 좋
겠어요. 천천히 가다가도 예쁜 풍경을 만나 잠시 멈췄
다가 가면 좋겠어요. 그렇게 억지로 잡으려고 하는 것
말고 당신 손에 잡혀주는 것에 더 애정을 쏟으면 좋겠
어요. 행복하다고 느낄 만한 것들이 손에 더 많이 닿길
바라요.

너무 많은 걸 안고 가면 아무도 안아주지 못한다는 글을 쓴 적이 있어요.

당신이 내려놓은 만큼 행복이 안아줄 거니까 부디 애쓸수록 멀어지는 것에는 더 손을 뻗지 말아요. 그건 당신 손에 닿아도 행복해지는 게 아닙니다.

미움은 힘드니까

미워하는 마음은 거짓이다.
괴롭고 아픈 자신이 만들어낸 허상이다.

원수를 사랑하라는 말이 있다. 과거에는 그것만큼 이
해가 가지 않는 말이 없었다.
원수를 어떻게 사랑하라는 말인가. 나의 것을 빼앗아
갔어도, 내가 사랑하던 것을 잃게 했어도, 그런 사람을
외나무다리에서 만났어도 복수 따위는 하지 말라는 말
인가. 당최 이해가 가지 않을 때가 있었다.

시간이 지나보니 누군가를 미워하는 일이 결국 나를
미워하는 것과 같다는 걸 알았다. 누군가를 죽도록 미
워할 때 나 자신이 그 죽도록 미워하는 마음에 바쳐지

기 때문이다.

아마 어른들이 그렇게 용서하며 살라고 말씀하신 건, 나 자신을 포함한 누구도 미워하지 말고 다 잊고 잘 살라는 뜻이었을 것이다. 그래서 이제는 나도 누군가에게 용서하라는 말도, 미워하라는 말도 하지 않는다. 어떤 감정도 들지 않을 때까지 그저 살라고 말한다. 그런 방향으로 유도하면 자신도 모르는 사이에 더 많은 진실과 마주할 수 있다.

미워하는 마음은 거짓이다. 괴롭고 아픈 자신이 만들어낸 허상이다.
그러니 미워해도 소용없다는 말보다 미움이라는 감정이 소용없다는 것을 배우길 바란다.

사랑받는 당신을 위해

네가 하는 괜찮다는 말이 정말 괜찮기를 바라.
난 네가 항상 잘됐으면 좋겠어, 진심으로.

너는 참 예쁘고 잘하는 것도 많은데 늘 무언가를 아쉬

워하며 사는 것 같았어.

너의 존재에 대해 깊이 고민하는 건 좋지만 그게 너를

낮추는 일이 되지 않기를 바라.

예쁜 것만 보고 듣고 만질 수는 없지만 아픈 건 네 앞

에서 자취를 감추게 되기를 바라.

네가 하는 괜찮다는 말이 정말 괜찮기를 바라.

난 네가 항상 잘됐으면 좋겠어, 진심으로.

사랑하고 사랑받으면서 꽃처럼 웃으면서 그렇게.

적당히 따뜻하게 살자

시간을 내서 따뜻한 밥 한 끼를 먹고 안부 전화도 주고받으면서.
시간이 느리게 흐르든 빠르게 흐르든
서로의 일상과 꿈을 응원하면서.

아무리 바빠도 좋아하는 사람과 밥 한 끼 먹을 여유는
있었으면 한다는 글을 쓴 적이 있다. 지금은 여유보단
시간을 준비하는 마음과 자세에 달렸다는 생각 쪽으로
기울었다.
마음을 내주고 싶은 사람에게는 시간의 여유를 마련하
는 자세를 이미 취하고 있다.
그러니 바쁘다는 말은 그런 관계에는 적용되지 않는다.

나에게도 그런 사람들이 있다. 나의 여유와 상관없이,
아니 여유가 없어도 언제든 나를 부르면 나갈 수 있는

사람들.

그 사람들과 오래오래 따뜻하게 살고 싶은 것은 오랜 바람이다.

시간을 내서 따뜻한 밥 한 끼를 먹고 안부 전화도 주고 받으면서. 시간이 느리게 흐르든 빠르게 흐르든 서로의 일상과 꿈을 응원하면서.

우리는 우리답게

우리는 그렇게 계속 우리답게 살면서,
우리 고유의 기질을 유지하면서 살면 돼.
그 모습이 가끔 미워도 그 사람만큼 우리 자신을 미워하지는 말자.

모두를 만족시킬 수는 없어.

우리는 우리처럼 하던 대로 살면 돼.

모든 사람이 우리를 좋아할 수도, 우리에게 친절할 수도 없는 거잖아.

하물며 나도 나를 100퍼센트 좋아하지 않는데.

우리는 모두 불완전하고 미완성의 존재들이니까 서로 좋아할 수도 미워할 수도 있는 거야.

미움 받는 게 싫겠지만 그럴수록 우리는 우리를 더 좋아하려고 하자.

늘 행복할 수는 없지만, 찰나의 행복을 누리려고 더 많은 불행을 소비하는 우리잖아.

우리는 그렇게 계속 우리답게 살면서, 우리 고유의 기질을 유지하면서 살면 돼.

그 모습이 가끔 미워도 그 사람만큼 우리 자신을 미워하지는 말자.

나쁜 사람은 없다

두드리면 아픈 소리 나지 않는 사람 없다.
저마다의 상처를 끌어안고, 숨기고 사는 사람들 모두의 인생을
존중할 수는 없어도 쉽게 나쁜 사람으로
여겨버리지는 말아야 한다.

대인관계에서 회의감이 느껴질 때마다 든 생각은 나쁜
사람 되기 참 쉽다는 거였다.

자신과 조금이라도 맞지 않는 부분이 있으면 이상한
사람, 나쁜 사람으로 치부해버리는 사람들을 보면서
누군가의 가치관과 의견을 존중하지 않는 게 곧 한 사
람의 인격을 무시해버리는 일이 될 수 있구나, 깨달았
다.

두드리면 아픈 소리 나지 않는 사람 없다. 저마다의 상
처를 끌어안고, 숨기고 사는 사람들 모두의 인생을 존
중할 수는 없어도 쉽게 나쁜 사람으로 여겨버리지는

말아야 한다.

어쩌면 우리가 그렇게도 나쁜 사람이라고 말한 사람은
단지, 나와는 맞지 않는 사람일 수 있으니까.

음악이 주는 위로

나는 일상이 재미없을 때, 아주 작은 세계에
빠르게 들어갔다가 아무 일 없었다는 듯이
나오고 싶을 때 음악을 찾는다는 것을.

언제부터 노래에 위로받았을까 생각해보면 기억이 나
질 않는다. 늘 곁에 있어준 것만큼 시작을 기억하기 어
려운 것도 없으니까.

부재로 어렵게 이별을 실감하는 건 꼭 사람에게만 해
당되는 것도 아니다. 짧은 거리를 나가더라도 노래를
꼭 듣는데 갑자기 급하게 가지고 나온 이어폰 한쪽이
고장 났을 때의 당황스러움과 혼자 음악을 들으며 돌
아가게 될 줄 몰랐던 상황을 짚어보는 건 여전히 낯선
순간이다.

아주 예전에 고양이 이름으로 요상한 걸 붙였던 친구
는 인생이 항상 영화 같지 않은 건 배경음악이 없기 때
문이라고 내게 말했다. 자신도 영화에서 들은 말이라
고 했지만, 그때 그 말을 해준 친구가 얼마나 멋져 보
였는지 모른다. 나는 순간 아! 하고 깨달음을 얻은 소
리를 낼 뻔했으니까 말이다.

그때 알았다.
나는 일상이 재미없을 때, 아주 작은 세계에 빠르게 들
어갔다가 아무 일 없었다는 듯이 나오고 싶을 때 음악
을 찾는다는 것을.

나는 매일 노래를 들으며 단편 영화의 주인공이 되어
본다. 항상 영화 같았으면 하는 삶이 점심마다 욱여넣
는 닭가슴살보다 더 퍽퍽해서.

가끔은 시간이 해결해준다

누구의 탓도 하지 않고 온전히 받아들이게 됐을 때
마음의 평화도 온다.

아무리 노력해도 절대 전해지지 않는 진심이 있다.

누구의 잘못이 아니라 마음이 문을 닫은 탓이다.

시간이 지나면 변하는 게 있고 마음이 변한 것이 꼭 누
군가의 잘못은 아니라는 것을 알아서 받아들이면 성숙
함을 얻는다.

누구의 탓도 하지 않고 온전히 받아들이게 됐을 때 마
음의 평화도 온다. 평화로운 밤을 보내게 돼서 마음에
파도가 멈췄을 때는 아무리 노력해도 왜 진심이 전해
지지 않았는지 비로소 깨닫게 된다. 그리고 닫혀 있는

마음의 문을 더 두드리는 일도, 열리길 기다리는 일도,
그 앞에서 우는 일조차 하지 않게 됐을 때 바로 진심은
전해질 곳을 찾지 않고 사라진다.

자꾸만 생겨나는 진심 앞에 무방비 상태로 무기력해진
다면 일단은 기다리자.
저절로 생겨난 것은 저절로 사라지기 마련이니까.
무장해제 시키는 감정도, 문 앞으로 등 떠미는 진심도
모두 사라질 때까지 기다리자.

행복을 지켜요

불안함마저 행복으로 만들려고 합니다.
이제는 행복이 오는 대로 받아들이고 잘 지키고 싶어졌어요.

행복이 오는 대로 받아들이고 지키지 못하는 성격이었
습니다.
행복이 와도 행복인 줄 잘 모르기도 했고요.
평소에 늘 불행한데 가끔씩만 행복한 거라고, 행복은
원래 그렇게 보기 드문 것이라고만 생각했습니다.

지금도 가끔은 그래요.
내가 찾은 행복이 정말 행복이 맞을까 의심하고, 이렇
게 행복해도 괜찮을까 불안해합니다.
그건 나에게 행복한 일이 자주 찾아오기 때문이겠죠.

불안함마저 행복으로 만들려고 합니다.

이제는 행복이 오는 대로 받아들이고 잘 지키고 싶어졌어요.

이건 나에게 올 만해서 온 것이다, 난 이 행복을 누리면서 살면 된다고 그렇게 생각하려고 합니다.

마음이 가끔 말을 걸잖아.

그만 가야 한다고 알려주기도 하지.

그런 말을 모른 척하지 않았으면 좋겠어.

그건 누구보다 너를 위한 말이니까.

힘들면 쉬어가야 해.

다시 걷기 시작할 땐,

내가 운동화 끈도 묶어주고

손 내밀어 줄 테니 그거 잡아.

그렇게 다시 걷기도 하고 뛰기도 하자.

불안 섞인 불만을 하면

불행하다 느끼고

행운을 찾으려 행동하면

행복하다 느낄 거야.

너는 괜찮은 사람이야

좋은 사람이 되려고 노력하는 네 모습이
내 눈에는 충분히 괜찮아 보여.

너는 네가 얼마나 괜찮은 사람인지 잘 모르고 있어.

좋은 사람이 되려고 노력하는 네 모습이 내 눈에는 충분히 괜찮아 보여. 그러니 지금과 너무 다른 사람이 되려고 애쓰기보단 원래의 너를 해치지 않는 선에서 노력하며 살아가면 돼.

처음부터 모두 잘하는 사람이 어디 있겠어.
처음부터 모두 잘 아는 사람이 어디 있겠어.
너는 네가 얼마나 괜찮은 사람인지 잘 모르고 있어.

오늘을 사랑하는 이유

난 이제 오늘을 사랑하면서
내일 더 괜찮아질래.

오늘을 사랑하면서 내일 더 괜찮아질래.
현재에 충실하면서 미래는 더 행복해질래.

오늘에 온전히 만족하고 집중한다는 게 어려운 일이었어. 어제의 내가 마음에 들었던 것도 아니면서 돌아가고 싶어 했고, 내일의 걱정 때문에 잠 못 이루는 날도 다반사였지.
현재를 살아간다는 건 아마 지금 보내고 있는 시간을 미워하지 않고 힘들어도 변함없이 내일을 기대하는 사람에게 해당하는 말일지 몰라.

그래서 난 이제 오늘을 사랑하면서 내일 더 괜찮아질래. 현재에 충실하면서 미래는 더 행복해질래. 오늘의 이유를 온전히 부정하지 않는 사람이 될 거야.

우리는 지금을 살자

그러니까 즐기자고 말하는 게 아니라,
우리는 지금을 살자는 말이야.

걱정은 어차피 또 생겨날 거니까 우리는 지금을 살자.

하나의 걱정과 고민이 해결됐다고 해서 끝은 아니잖아.
분명 또 다른 고민이 곧 생길 거고 고민에서 해방된 느
낌은 그리 오래가지 않잖아.
그러니까 즐기자고 말하는 게 아니라, 우리는 지금을
살자는 말이야.
지금 느끼는 감정과 기분에 집중해서. 해방감을 온전
히 느끼지도 못했는데 다시 우울함이 가득한 우물 안
으로 뛰어 들어가지 말자.

지금 우리를 지나간 걱정과 고민이 있다는 건 다시 찾아
와도 지나 보낼 수 있다는 뜻이니까. 행복할 때 불행할
생각하지 말고 지금 우리의 감정과 상태에 집중하자.

행복해질 자격

태어나서 지금껏 사랑받을 이유는 충분했어요.
그러니 억지로 이유를 만들고
자신이 아닌 다른 모습으로 꾸미지 말아요.

사랑받을 이유를 억지로 만들지 말아요.

존재 자체로 자격은 충분하니까.

사랑받고 행복해지는 것 모두에 자격은 필요하지 않아
요. 자격이 필요하다면 이미 갖추고 있어요.
한없이 무너지고 힘든 시기에는 그 사실을 자꾸만 잊
어버리게 돼요. 그러나 잠깐 잊은 것뿐이지, 달라진 건
없어요.

태어나서 지금껏 사랑받을 이유는 충분했어요. 그러니

억지로 이유를 만들고 자신이 아닌 다른 모습으로 꾸미지 말아요.

미워하지 말아야 한다

나를 사랑하는 일에도 용기가 필요하다면 이미 다 채워졌다.
세상에 상처 받아도 되는 사람은 없으니까 어느 누구도
미워하지 말고 공격하지 말고 마음을 다스리면 되는 일이다.

편견 없는 하루를 보내기 위해 애썼다.

상처 받아도 되는 사람은 없으니까 누구도 미워하지 말자고. 그러니 나 자신도 미워하지 말자고. 아픈 건 아프다고 말할 줄 아는 용기는 충분히 가졌으니 이제 다른 시선으로 이야기하자고 그렇게 다짐했다.

나를 사랑하는 일에도 용기가 필요하다면 이미 다 채워졌다. 세상에 상처 받아도 되는 사람은 없으니까 어느 누구도 미워하지 말고 공격하지 말고 마음을 다스리면 되는 일이다.

내 탓도 남 탓도 어느 날에는 이렇게 끝나기 마련이다.

원래의 나를 지키는 일

실컷 사랑하면서 나 자신도 챙기는 것.
그런 방법을 이제야 깨달았고 이상하게도
그게 적당히 사랑해야 한다는 결론으로 이르렀다.

사랑이라면 그래도 된다고 생각했는데, 막상 나를 지
워보니 회복하는 기간이 너무 오래 걸렸다. 꽉 찬 그
사람을 보내주고 사라진 나를 찾는 데까지 많은 노력
을 해야 했고 그 과정에서 많이 방황했었다.

사랑은 때론 이렇게 아무것도 중요하지 않게 만들어서
떠나간 후에 수많은 후유증을 남긴다. 처음부터 원래
의 나를 지우지 않고 사랑하지 않았다면 괜찮았을 텐
데, 그런 후회는 늦는다.
실컷 사랑하면서 나 자신도 챙기는 것. 그런 방법을 이제야 깨달았고 이상하게도 그게 적당히 사랑해야 한다는 결론으로 이르렀다.

어떤 사랑이 다시 올지는 모르겠지만, 어떤 상황에서도 원래의 나를 지워가면서까지 누군가를 사랑하지 말아야겠다.

지쳐도 괜찮아

무기력해진 자신을 안쓰러워해도 불쌍히 여기지는 마.
그냥 다시 열심히 하고 싶어질 때 움직이면 돼.

가끔은 열심히 안 살고 싶을 수도 있지.

열심히 했으니 지칠 수도 있지.

살다 보면 무기력해질 수 있는 거야. 항상 어떻게 앞만
보고 열심히 할 수가 있겠어.

아무것도 하기 싫은 상태가 이상한 게 아니야.

가끔 그런 시기를 만나면 담담하게 받아들여도 괜찮
아. 너만 그런 게 아니라, 모두가 다 종종 찾아오는 무
기력을 받아들이면서 지내니까.

때론 가만히 있는 것도 굉장한 거야. 벗어나려고 애쓰

지 않고 가만히 있는 거 말이야.

뭘 하지 않으면 불안한 상태에서 우선 벗어났으면 해.
무기력해진 자신을 안쓰러워해도 불쌍히 여기지는 마.
그냥 다시 열심히 하고 싶어질 때 움직이면 돼. 가만히
있다는 것에 죄책감을 갖기보단, 무기력해진 자신을
토닥여주고 다시 열심히 할 수 있는 힘을 비축해놓자.
너는 그런 시간을 보내고 있는 거야.

비교 대상을 두지 마

삶은 원래 전쟁 같잖아. 어떻게든 살아남으려 애써야 하는데
그 와중에 자신의 마음을 공격하지는 않았으면 해.

자꾸 비교 대상을 만들면 자신만 더 불행해질 뿐이야.

실은 하루에도 수십 번 비교를 하고 있을지 몰라. 사람
뿐만 아니라 감정과도.
내가 할 수 없는 것에 대한 부러움과 동경을 넘어서 자
책으로 가는 건 좋지 않은데 말이야.
이미 알고 있어도 어느새 비교하고 있는 자신을 발견
하겠지. 그러는 사이에 자존감은 깎이고 있는 거야.

계란으로 바위를 치는 것처럼 마음이 단단하면 좋겠지

만, 이미 수많은 상황 속에서 마음이 피를 흘리고 있을
지 몰라.

삶은 원래 전쟁 같잖아. 어떻게든 살아남으려 애써야
하는데 그 와중에 자신의 마음을 공격하지는 않았으면
해. 직접 하지 않아도 공격당할 일은 많으니까.

우리라도 우리 마음을 보듬어줘야 하지 않겠어? 더 많
은 상처가 있는 곳으로 나아가려면.

삶에 공격만 있는 건 아니니까 언젠가는 그 무른 마음
도 바위처럼 단단해지고, 마음으로 오는 공격에 끄떡
없게 될 거라 믿어. 단단해지기 위해 사는 건 아니지
만, 자신을 너무 많은 비교 대상 사이에 두고 미워하지
말라는 뜻이야.

흐림 뒤에 분명 맑음

언제까지 너의 삶에 비만 내리지는 않아.
무지개 같은 순간도 분명 찾아올 거야.

흐림, 흐림, 또 흐림. 먹구름 가득한 날의 연속일 때가
있다.

'때'라는 건 내가 원하는 시기에 와주지 않는다.
날씨처럼 시시때때로 변하고 무작위 추첨처럼 찾아온
다. 먹구름이 내 위에만 가득하고 나를 따라다니는 것
같다는 생각을 할 때도 있었다.
누구에게나 있는 기분 날씨가 적당하지 않게 원망스러
워서. 누군가에게는 혹시 맑음만 계속되지 않을까 싶
어서. 하지만 그런 건 없었다.

누구에게도 맑음만 계속될 수 없고 흐림만 계속되지
않는다.

천둥 번개가 치고 폭우가 내리는 날 뒤에는 무지개 같
은 순간도 찾아온다. 그렇지만 무지개를 발견해야 하
는 날도 있다. 모든 건 저절로 되지 않기에, 직접 무지
개를 찾아 나서야 하는 날도 있다.

사랑이 어디에나 있는 것처럼 행복도 어디에나 있다.

비온 뒤 맑은 하늘에 퍼지는 무지개 같은 행복을 기다
리기만 하지 말고, 가끔은 만나러 가자.

그때는 맑음, 맑음, 또 맑음이길 바라며.

외로움이 파도처럼 밀려올 때

내가 보내는 게 아니라 저절로 떠날 때까지,
알아서 사라질 때까지 기다리는 시간도 가끔은 필요하다.

갑자기 외로움이 파도처럼 밀려올 때가 있다.

그때그때 외로움을 달래는 방법은 다르겠지만, 사람은
누구나 외롭다는 걸 우선 인정하고 받아들여야 한다.
그리고 외로움을 달랠 방법 중 자신에게 맞는 것을 찾
으면 된다.

나는 유난히 더 외로울 때 좋아하는 일을 한다.
듣고 보고 쓰고 걷고, 외로운 시간에게 끌려 다니도록 두
지 않으며, 내가 주체가 되어 할 수 있는 일을 하는 거다.

사람을 더 괴롭게 하는 건 지금 있는 상황에서 빨리 벗어나고 싶어 하는 것이고, 감정이 온 데 간 데 없이 사라져버리길 바라는 것이다.

내가 보내는 게 아니라 저절로 떠날 때까지, 알아서 사라질 때까지 기다리는 시간도 가끔은 필요하다.

너의 가치를 믿는다

우리를 잘 모르면서 쉽게 또 낮게 매겨버린 가치는 진짜가 아니다.
그러니 기죽지도 혼자 앓을 필요도 없다.
낙인으로 남은 곳을 문지르며 자책하지 않아도 된다.

어떻게 보면 우리의 가치는 너무도 쉽게 매겨진다.
한순간에 일을 못하는 사람이 되어버리고, 실수를 쉽게
하는 사람이 되어버리고, 예의가 없는 사람이 되어버린
다. 그리고 그 가치 평가가 마음에 도장처럼 찍힌다.
시간이 지나며 흐릿해지지만 사라지지는 않는 낙인으
로 남는다. 그런 사이에 자신은 이미 무능력한 사람이
되어 있다.

한 번의 실수로, 혹은 그날의 기분으로 너무도 낮은 평
가를 받고 그게 오래 기억된다는 건 잔인하다.

우리를 잘 모르면서 쉽게 또 낮게 매겨버린 가치는 진짜가 아니다. 그러니 기죽을 필요도, 혼자 앓을 필요도 없다. 낙인으로 남은 곳을 문지르며 자책하지 않아도 된다.

딸아, 외로울 때는 시를 읽으렴

유난히 피곤한 날, 한껏 치이고 들어온 날에
아빠가 두고 간 선물이 나를 위로했다.

퇴근하고 집에 돌아와 씻고 누웠다.

핸드폰 충전기를 찾고 있는데 너저분한 책상 위에 낯
선 책이 보였다.

『딸아, 외로울 때는 시집을 읽으렴』이라는 시집이었다.

어릴 때부터 늘 그랬다. 집에 오면 책상 위에 책이 올
려져 있었다. 다양한 장르의 책이 지금껏 나의 시야를
넓혀줬다고 생각한다.

어느 부분 하나 놓치지 않았으면 하는 아빠의 마음이
나를 이만큼 성장시켜줬다고 생각한다.

유난히 피곤한 날, 한껏 치이고 들어온 날에 아빠가 두고 간 선물이 나를 위로했다.

내가 없는 내 방에 와서 책을 두고 가는 아빠의 마음은 어땠을까 생각하면 입꼬리가 올라가다가도 찡해진다.

부족한 나라는 사람을 그 어떤 경우에도 사랑해주는, 평생 떠나지 않았으면 하는 아빠를 생각하면 그렇다.

하고 싶은 말이 모두 책에 담겨 있어서 책을 선물한다는 아빠를 보면 항상 그렇다.

나에게 표현하는 방법을 찾은 게 책이라는 걸 안다.

그래서 이젠 아빠를 무뚝뚝하다고 말하지 않는다.

표현할 방법을 찾은 아빠의 다정함을 사랑한다.

자신을 잘 모르는 사람들에게는

중요해 보이지 않겠지만

사소한 감정 하나하나를 봐주는 사람을 만나요.

그런 사람을 내 사람으로 두고 살아요.

때론 나 자신도 모르는 감정을 발견해주고

나보다 더 내 걱정을 해주는 사람이요.

그렇게 나를 알아봐주는 사람이

있다는 사실만으로도 덜 지칠 거예요.

나에게 조금만 친절해도

쉽게 좋은 사람이라고 생각하면서

왜 스스로를 좋은 사람이라고 생각하지 않나요?

자신에게도 친절하게 대해주세요.

그리고 좋은 사람이라고 생각해주세요.

조급해하지 말아요

나의 길을 가는 데에 문제없는 사람으로
다시 되돌아갈 거라고 그렇게 수없이 다짐해요.

자꾸 까먹는 말이지만, 조급해하지 말고 우리의 길을
가요.

살다가 자주 흔들리지만, 많은 일과 사람과 감정에 흔들
리지만 나는 실컷 흔들리다가 제자리를 찾고 싶다고요.
나의 길을 가는 데에 문제없는 사람으로 다시 되돌아
갈 거라고 그렇게 수없이 다짐해요.
오늘의 다짐이 내일의 일상에 조금의 활기를 주기를
바라면서요.

한 그루의 나무가 주는 행복

너의 행복을 장담해주는 사람들을 곁에 두고
가끔 그들이 주는 물을 마시고 힘을 내면 좋겠어.

앞으로도 불행은 우리를 찾아올 테지만, 때로는 태연
한 척 지낼 수 있을 거야.

삶에 불행하다고 느끼는 순간이 적지는 않을 거야.
지금까지의 불행보다 더 크게 느껴지는 불행도 있겠
지. 그렇지만 생각하고 받아들이기 나름일 수도 있어.
나에게는 늘 불행만 찾아온다는 생각이 모든 걸 불행
으로 보이게 할 수 있다는 뜻이야.
행복은 드문 거지만, 우리는 조금이라도 더 찾기 위해
서 매일 노력하잖아. 그 노력은 절대 헛된 게 아니야.

하나의 나무라도 있으면 그늘을 피할 수 있어.

매일이 사막에서 한 그루의 나무를 찾아 나서는 심정
이겠지만, 전혀 없을 것 같은 곳에도 우리가 찾는 게
꼭 하나는 있을 거야. 너의 행복을 장담해주는 사람들
을 곁에 두고 가끔 그들이 주는 물을 마시고 힘을 내면
좋겠어. 그러면 꼭 숲이 아니어도 나무 한 그루가 만들
어주는 그늘, 그런 행복을 발견하게 될 거야.
앞으로도 불행은 우리를 찾아올 테지만, 때로는 태연
한 척 지낼 수 있을 거야.

이유를 찾지 말자

떠난 것에 대한 변명을 찾지 말자.
함께했던 시간들이 좋았다는 이유로
모든 걸 이해하려고 하지 말자.

다짐과는 늘 다르게 살아지는 게 삶이지만, 가끔은 마음을 굳게 먹을 필요가 있어.

상처 주고 떠난 사람에 대한 기억을 미화시키고 내 탓으로 돌려도 보고 그래도 다시 돌아올 거라는 기대를 갖고. 이제 그런 것도 지치잖아.

적당히 반성과 치유의 시간을 보냈다면 다짐해야 해. 이제는 어떤 이유로도 상처를 주고 떠난 사람에게 다시 돌아가지 않을 거라고. 충분히 아파했다면 보내주는 마음도 꼭 필요하다고.

상처에 대한 이유를 찾지 말자.

떠난 것에 대한 변명을 찾지 말자.

함께했던 시간들이 좋았다는 이유로 모든 걸 이해하려

고 하지 말자.

조금만 내려놓아요

내가 어떤 사람인지, 그 사람은 어떤 사람인지
그리고 무슨 감정을 느껴서 여기까지 왔는지
조차 잃어버렸다면 좀 물러서보는 게 어떨까요.

가까이서 들여다보면 무엇을 찾으려고 했는지조차 잃어버리는 경우가 있는 것 같아요.

내가 어떤 사람인지, 그 사람은 어떤 사람인지 그리고 무슨 감정을 느껴서 여기까지 왔는지조차 잃어버렸다면 좀 물러서보는 게 어떨까요.

객관적으로 바라볼 수 있을 때까지 마음에 시간적 여유를 주는 거예요.

조금만 내려놓으면 더 많은 걸 보고 느낄 수 있는 사람이 될 거예요, 분명.

좋은 어른이 되고 싶다

지금 외로운 거 다 괜찮아.
이상한 것도 아니고 나쁜 것도 아니야.

나 괜찮은 사람 그리고 좋은 어른이고 싶어.

저번에 그랬잖아. 좋은 어른이 되고 싶다고.
진실한 눈으로 반짝이며 말하는 너를 보면서 난 분명
그렇게 될 거라는 확신이 들었어.
순간의 마주침으로 눈부신 미래를 볼 수 있다는 건 아
니지만, 내게 그런 혜안이 있다는 것도 아니지만. 그냥
그렇게 되길 바라는 마음 있잖아.
나에게는 네가 이미 좋은 사람이니까. 좋은 어른이 되
는 길도 지켜봐주고 싶다는 말이야.

지금 외로운 거 다 괜찮아. 이상한 것도 아니고 나쁜
것도 아니야.
무언가 잘못되고 있다는 생각에 사로잡혀 있지 말고,
지금처럼 너의 일을 하면서 살면 돼.
그리고 어떤 게 괜찮은 사람인지 좋은 어른이 되는 길
인지 고민하고 부딪히며 배우면 돼.
그게 좋은 어른이 되어가는 길일 거야.

칭찬을 해야 돼

칭찬을 많이 해주는 사회라면 어떨까 생각해봤어.
그럼 좀 덜 추울 거야. 떨고 있는 사람들이 많이 사라질 거야.

잘못한 건 질책받기 쉬운데 잘한 건 칭찬받기 어렵더라.

누구나 실수를 하잖아. 물론 단 한 번만 하는 게 실수
고 그다음은 실력이라는 사람도 있지만.
실력이라는 말은 좀 정이 없으니 습관이라고 하자.

잘못한 건 질책받기 쉬운 것 같아.
사람들에게 보이는 많은 모습 중에 유난히 눈에 띄나
봐. 그 습관처럼 보이는 실수를 사람들은 참 싫어해.
변명이라도 하면 다시는 안 볼 것처럼 하기도 하잖아.

그러다가 실수를 하지 않으면 그게 잘하는 일이 되지는 않잖아.

청찬을 많이 해주는 사회라면 어떨까 생각해봤어.
그럼 좀 덜 추울 거야. 떨고 있는 사람들이 많이 사라질 거야. 무언가에 결핍되어 있고 사소한 것에 예민하다고 할 때 아주 조금의 따뜻함을 건네어주는 거야.
그 사람에 대한 청찬, 그게 그 사람을 살릴 수도 있어.
그렇다고 청찬받기 위해 애쓰는 삶이 되면 안 되겠지.
우린 또 습관 같은 실수를 할 테니까.

2장

그 많은 위로도 위로되지 않았던

추억을 소환하는 냄새

꼭 이렇게 기억하라고, 기다리고 있었다는 듯이.
어쩔 수 없는 냄새는 나를 서럽게 만든다.

냄새로 기억을 한다.

언제부터였는지 기억나진 않지만 청각 다음으로 후각

이 예민한 사람이 되어 있었다.

봄의 밤바람 냄새, 좋아하는 음식의 냄새, 우리 집 냄

새, 사랑하던 이의 냄새까지 모두 작은 조각으로 저장

되어 있다.

어떤 공간이 주는 공기와 사람이 가지고 있는 냄새는

유난히 오래 남아 있다.

그리고 내가 기억하는 냄새와 비슷한 걸 만나면 모든

추억이 소환된다.

꼭 이렇게 기억하라고, 기다리고 있었다는 듯이.

어쩔 수 없는 냄새는 나를 서럽게 만든다.

예상치 못한 순간에 찾아와 당황스러울 만큼 선명해진다.

내 못난 마음이 싫다

이따금 찾아오는 무기력에
두 손 두 발을 들지 않을 방법은 없었다.
더 많은 걸 알았지만 더 많은 걸 두려워하는 사람이 되었다.

며칠을 앓아 누워 있었는지 모른다.

이불로 시린 마음을 다 덮지 못해서, 퉁퉁 부은 눈을 한 나를 보는 것조차 싫어서, 얼굴을 파묻고 그렇게 하릴없이 시간을 보냈다.

아니다. 보냈다기보다 끌려 다녔다는 표현이 더 맞겠다. 내가 보낸 건 아무것도 없었으니까. 시간도, 사람도, 내 못난 마음도 보내주지 못한 것만 그렇게 빼곡하게 쌓여가고 있었으니까.

나는 엄마가 나를 낳은 나이가 되었다.

과학적으로 가장 예쁘다고 하는, 결혼하기 좋다고 하는 그런 나이로 말이다. 그러나 여전히 나에게는 적응되지 않는 모호한 나이일 뿐이다. 숫자에 연연하지 않겠다는 글을 쓴 이후로 많이 내려놨다고 생각했지만, 이따금 찾아오는 무기력에 두 손 두 발을 들지 않을 방법은 없었다. 더 많은 걸 알았지만 더 많은 걸 두려워하는 사람이 되었다.

단지 이게 며칠을 앓아 누울 이유가 된다면, 그걸 인정해 머리를 쓰다듬어 줄 사람이 있다면 지금보다 덜 아플까. 전에는 시간을 그렇게 붙잡고 싶다고 했지만 지금은 아니다. 차라리 얼른 지나가길 바랄 뿐이다. 원망하기 싫어서 원망한다.

버리는 연습

미련이 많아서 버리는 것이 익숙하지 않지만,
가끔은 버리는 것으로 미련을 조금 덜어낼 수 있지 않을까.

어릴 때부터 버리는 것을 잘 못했다.

온갖 잡동사니는 당연하고 심지어 포장지, 영수증, 영
화표 이런 것들까지 뭐하나 버리지 못하고 방에 차곡
차곡 모아놓았다. 그렇다고 자주 꺼내볼 것도 아니고,
사실 꺼내보지 않는 게 훨씬 많아서 먼지도 따라 차곡
차곡 쌓여갔지만 그 물건에는 '그때'가 담겨 있는 것 같
아서 버리기 힘들었다. '그때'라는 것을 말하자면 추억
이겠지만 꼭 좋은 추억만 있는 것도 아니다.

모두 좋아서 지키려고 한 것은 아니라는 말이다.

어느 날 버리는 것도 습관이라는 생각이 들었다.

미련이 많아서 버리는 것이 익숙하지 않지만,

가끔은 버리는 것으로 미련을 조금 덜어낼 수 있지 않

을까.

시간이 흘러도 그대로였으면 좋겠다

따뜻한 햇볕과 같은 눈 맞춤으로 그 오랜 시간을
아무것도 아니게 만들 수 있다면 좋겠다.

시간이 흐른다고 변하는 사람의 마음이 야속하게 느껴
질 때가 있다.
시간이 흐르면 못쓰게 되어버리는 것도 있지만 오래될
수록 아름다운 것도 많다.
그것에 작은 눈길도 주지 않았을 뿐.

누군가의 지나친 시선과 관심에 못쓰게 되어버린 마음
이 아니면 좋겠다.
따뜻한 햇볕과 같은 눈 맞춤으로 그 오랜 시간을 아무
것도 아니게 만들 수 있다면 좋겠다.

어렸을 때부터 그랬어요.

표정을 그리고 마음을 숨기는 게 어려웠어요.

아니, 어려운 건 지금이고

그땐 굳이 숨기려고 하지 않았던 것 같아요.

솔직한 아이였어요,

지금보다 더.

갈수록 숨겨야 하는 게,

숨기고 싶은 게 많아서 큰일이에요.

마음을 숨기는 건 자신이 없거든요.

좋은 건 좋다고 싫은 건 싫다고

그렇게 말해야 하는 사람이거든요.

어떻게 당신은 마음을 그렇게 잘 숨겨요?

난 숨기려고 해도 정말 안 되던데.

시간에 끌려가던 내가 물었어.

"조금 천천히 갈 수는 없을까?"

시간은 나에게 물었어.

"내가 끌고 가는 게 괴롭니?

근데 아마 내가 끌고 가지 않으면

더 괴로운 사람이 많을걸?

그나마 끌고 가줘서 사는 거거든,

내가 끌어주는 사람들."

마음속에는 스위치가 필요하다

그 흔한 '피곤하다'는 말을 하기 싫어서,
그보다 이상적인 말이 없어서 결국 나는 불을 끄고 눕는다.
꿈에서는 내 마음속에 스위치가 켜지면 좋겠다.

나라는 사람의 배터리가 방전될 동안 휴대전화의 배터
리는 반쯤 차 있었다. 마지막 버스가 지나갈 때까지 한
번도 충전하지 않았는데 말이다.
눈코 뜰 새 없이 일했다. 덕분에 마음은 바쁘지 않았
다. 그리운 사람을 떠올릴 여유도 없고 먹고 싶은 걸
찾을 시간도 없었다.

우울한 낱말들이 마음속에 흘러 다닌다. 조금은 억울
하다. 하루를 그렇게 보낸 게, 떠올리지 말아야 할 것
들이 떠오르지 않았는데 기쁘지 않은 게. 생각나는 낱

말들이 죄다 현실적이라서 더 피곤하다.

그 흔한 '피곤하다'는 말을 하기 싫어서, 그보다 이상적
인 말이 없어서 결국 나는 불을 끄고 눕는다.
꿈에서는 내 마음속에 스위치가 켜지면 좋겠다.

굿바이, 행복

행복은 찰나이고 순간이라 어떤 수단으로든 남겨야
더 오래가는데 불행은 그렇지 않다.
불행은 몸의 일부분에 물들어 있는 것 같다.

아프고 힘든 시기는 행복할 때와 다르게 아주 천천히
흘러간다.

행복은 찰나이고 순간이라 어떤 수단으로든 남겨야 더
오래가는데 불행은 그렇지 않다. 불행은 몸의 일부분
에 물들어 있는 것 같다. 그래서 평온하게 지내다가 행
복은 스쳐 지나가고, 불행하다고 느낄 땐 몸 어느 구석
이 지나치게 아픈 느낌이었다. 짐작만으로 더 아파지
기도 했다.

한동안은 몸에서 천천히 사라지고 있다고 생각했던 불

행이 다시 한 번 심장에게 신호를 보내면 불면이 찾아
온다. 안정되지 못한 마음에 밤새 앓는 것이다. 그러면
그 새벽은 무척이나 더디다. 흘러가는 듯 마는 듯하다.
나도 불행이라는 미끄럼틀을 타고 따라서 아주 바닥까
지 내려가는 것 같다. 아침이 오길 기다리며 조용히 흐
느낀다.

행복에게는 인사하지도 못했는데, 다시 보자는 말도
못했는데……

미움에 익숙해지기

미운 감정에 괜찮아질 리가 없다.
괜찮은 척하거나 괜찮은 줄 알거나 그뿐이다.
미움 받는 것에 익숙해지는 사람은 없으니까.

들어서 서운한 말은 언제 들어도 서운한 말이다.

시간이 지나서 들었을 때 서운하지 않다고 생각하는

건 무뎌졌거나 포기했다는 뜻이겠지.

미운 감정에 괜찮아질 리가 없다.

괜찮은 척하거나 괜찮은 줄 알거나 그뿐이다.

미움 받는 것에 익숙해지는 사람은 없으니까.

알고 싶지 않아도 알게 되는 것

요즘은 그런 달콤한 것을 경계한다.
쓴맛이 나도록 괴로운 것도 싫지만 불안할 만큼
달콤한 것도 싫으니까.

왜 사랑을 감기와 소나기에 비유하는지 이제는 안다. 알고 싶지 않았는데 저절로 알게 되었다.

살다 보면 이렇게 알고 싶지 않아도 알게 되는 것이 있다. 생각한 것보다 더 아프고 고통스러운 것이 그것이다. 물론 생각한 것보다 훨씬 황홀하고 달콤한 것도 있다. 요즘은 그런 달콤한 것을 경계한다. 쓴맛이 나도록 괴로운 것도 싫지만 불안할 만큼 달콤한 것도 싫으니까.

불량식품 없이 몸에 좋은 것만 먹고 산다고 무조건 행복한 것은 아니라는 걸 알고 있다.

건강은 좋아지겠지만 삶이 재미없어진다. 건강을 챙기며 재미있다고 느끼는 사람이면 좋겠지만 그건 내가 아니니까.

내가 아닌 내가 되는 것도 싫다. 그래서 나는 또 살면서 무언가를 거르고 고르며, 그에 따라 괴로워하며 살겠지.

꽃처럼 피어나고 싶다

나는 피어나고 싶었다, 온종일.
피어나지 못해 안달이 난 사람처럼 말이다.

"언제 지려고 이렇게 빨리 폈어."

처음 벚꽃을 보고 한 말이다.

나는 아직 피어나지도 못했다는 생각이 조금은 바탕에
깔린 질투 섞인 말이자, 이 계절에 대한 걱정이었다.

그리고 계절마다 피는 꽃을 모두 알고 있지는 않지만
봄 하면 역시 벚꽃이라는 그런 뚜렷함을 가지고 있는
것에 대한 부러움이기도 했다.

우습다. 맥주 한 잔을 마시고 돌아가는 길에 피어 있는
벚꽃과 나를 비교하다니. 이것은 오늘 하루가 힘들었

던 탓일 것이다. 사람이나 말에 질투를 느끼는 것보다 위로를 주는 자연에게 기대서 나를 달래는 것이 좀 더 나을 것 같아서…….

오늘도 역시 마음처럼 되지 않았고, 나는 또 오늘이 어려웠다.
오래도록 피어날 준비만 하는 느낌이 가시질 않는 하루였다. 그래서 벚꽃이 그렇게도 부러웠겠지. 아무도 모르는 이야기였지만 말로 뱉으면 그제야 감정이 뚜렷해지는 것처럼 적어서 알게 되는 것도 있다.
나는 피어나고 싶었다, 온종일. 피어나지 못해 안달이 난 사람처럼 말이다. 그러다 지친 사람처럼 오늘을 보냈다. 그래도 여전히 벚꽃을 부러워하는 자신이 애틋하니까, 나도 따라 피어나길 응원하는 사람들의 말 틈새에 끼어서 눈을 감아본다.

'한철 피고 지는 꽃보다 넌 더 아름다워.'

마음에 봄이 오고 있었다

아무도 모르게 마음의 문을 열고 자신을 사랑하고 있었다.
당신과 나의 마음에도 그렇게 조금씩 봄이 오고 있었다.

나는 봄에 태어났으면서도 봄을 사랑하지 않았다. 꽃이 만개하는 계절은 수없이 돌아오는데, 내가 피어나는 계절은 없는 것 같아 봄을 질투했었다.

나 자신을 사랑하지 못하고 오랫동안 우울 안에 잠수했었다. 죽지도 않고 헤엄쳐 나오지도 못하며 잠겨 있었다.

봄을 닮고 싶었다. 피어나고 싶었으며 봄에 태어난 나를 언제나 사랑하고 싶었다.

계절을 받아들이고 인정한다는 것은 세상에 대해 마음

의 문을 열겠다는 뜻이다.

싫어하는 계절이 없다는 것은 어떤 궂은 날씨 같은 시
련이 와도 견딜 수 있다는 뜻이다.

그만큼 강해졌다는 뜻이고 자신을 사랑한다는 뜻이다.

아무도 모르게 마음의 문을 열고 자신을 사랑하고 있
었다.

당신과 나의 마음에도 그렇게 조금씩 봄이 오고 있었다.

자기 자신에게 너무 가혹한

내가 감당해야 하는 고독과 쓸쓸함에 나를 넣고 문을 닫는다.
꼭 이렇게 잔인해야만 내가 나인 것 같아서.

혼자 있기는 싫은데, 누구를 만나고 싶지 않을 때가
있다.

굳이 내 생각과 외로움과 우울을 드러내지 않고 싶은
데, 혼자 있기는 싫어서 갈등한다.

결국 타협하게 되는 사람은 나 자신이지만, 적당한 합
리화 속에 본심을 감춰버린다. 내가 감당해야 하는 고
독과 쓸쓸함에 나를 넣고 문을 닫는다. 꼭 이렇게 자신
에게 잔인해야만 내가 나인 것 같아서.

나의 계절

내가 머물러 있는 곳은 지금 봄도 아닌 여름도 아닌
스스로가 만든 외로운 계절, 바로 그 어디쯤이다.

여름이 다가올 것 같은 공기에 봄을 즐기고 있노라면
그 순간만큼은 지금 내 상황에서 벗어날 수 있게 된다.
누군가가 나를 기다리고 있는 듯한 기분이 들고, 그럼
나는 멀리서 보내는 그 부름에 응답해야 할 것 같다.
그런 찰나의 설렘이 나에게는 봄이다.
내가 느끼는 봄, 누군가를 사랑하고 싶은 봄.
사랑은 참 가까이 있는 것 같은데 꽤 멀리 있다. 불필
요한 생각이 많아지면 그제야 멈춘다.
내가 머물러 있는 곳은 지금 봄도 아닌 여름도 아닌 스
스로가 만든 외로운 계절, 바로 그 어디쯤이다.

사랑하는 이를 기억한다

때론 사랑하는 이의 기억이 괴로운 건
너무도 사랑하기 때문이 아닐까. 좋은 기억만 남겨두고 싶은데
슬픈 감정이 그사이를 자꾸만 비집고 들어가려고 해서
속상한 탓이 아닐까.

곧 어버이날이라는 이유로 지난 주말에는 가족들과 식
사를 했다. 사실 그렇게 다 함께 외식을 하는 날이 1년
에 자주 있지는 않다.

그 자리에서 내가 책을 낸 걸 돌아가신 할아버지가 알
면 무척 좋아하셨을 거라는 말을 들었다. 할아버지 꿈
은 소설가였다. 그리고 책을 참 좋아하셨다.

할아버지의 혀가 점점 굳어갈 때 나는 동화책을 읽어
드렸다. 어릴 때의 기억이 많이 없는 내가 또렷하게 기
억하는 장면이다. 동화책 한 줄을 읽으면 할아버지가

따라 읽으셨던 목소리까지 어렴풋이 생각난다. 거실을 터덜터덜 걷는 걸음 소리, 요양원에서 마지막으로 본 야윈 모습까지.

사람이 가진 기억의 양은 생각보다 어마어마하다. 그리고 생각하기 싫은 기억부터 사라진다. 그런데 괴롭고 슬퍼서 떠올리지 않으려고 했을지언정 할아버지에 대한 기억이 사라지지는 않았다.
글을 쓰면서도 문득 그 사실에 감사하다. 때론 사랑하는 이의 기억이 괴로운 건 너무도 사랑하기 때문이 아닐까. 좋은 기억만 남겨두고 싶은데 슬픈 감정이 그 사이를 자꾸만 비집고 들어가려고 해서 속상한 탓이 아닐까.

지금의 나라면, 할아버지께 동화책을 더 열심히 읽어드릴 것이다.
또 내 이름으로 나온 책을 보여드리고 할아버지가 쓰고 싶은 소설은 무엇이었는지 함께 대화를 나누기도 하겠지. 이제 이런 상상이 덜 괴롭다.

오늘은 나랑 웃어요

'오늘은 나랑 웃어요.' 이 설레는 말에 숨은 뜻이
그렇게 슬프다는 것을 혹시 알까.

행복한 척하고 싶을 때가 있다. 아무 걱정 없이 보이고
싶은 날. 사실 웃는 게 웃는 게 아닌데.

진짜 웃음과 가짜 웃음을 티가 나지 않게 적절히 섞어
그 안에 나를 숨긴다.
나는 지금 순간에 그런 농담을 하고 있는 것이 좋다.
그렇게 보이도록 그럴 듯하게 포장하면 오늘 나를 숨
기기는 충분하다. 아무 걱정도 없는 것처럼, 오늘 이
웃음이 진짜고 내일도 이렇게 웃을 것처럼 보인다고
생각하면 진짜와 가짜를 나눌 수 있는 사람이 많지 않

다는 것을 알게 된다.

'어차피 내 마음도 모를 거야.'라는 가시 돋친 생각보다
는 '내 고민은 내가 해결할 테니 오늘은 나랑 웃어요.'
이런 생각이 습관이 되었기 때문일까.

'오늘은 나랑 웃어요.' 이 설레는 말에 숨은 뜻이 그렇
게 슬프다는 것을 혹시 알까.

알아도 모른 척 해줬음 싶다. 나도 알게 된 지 얼마 안
된 행복한 척을 쉽게 아는 척 하지 말고 "오늘은 나랑
웃어요." 그냥 그렇게 말해줬으면 좋겠다.

가끔 우는 삶

내가 동경하는 삶은 창문을 열어 어떤 날씨를 만나도
그것을 바로 기분으로 만들지 않는 것,
그리고 언제 어디로든 떠날 수 있는 용기를 갖는 것이다.

창문을 열자 초여름 비 냄새가 흘러 들어오고 있었고,
유리에는 나를 닮은 빗방울이 눈물처럼 흐르고 있었다.
삶에서 어디로든 흐르고 언제든 떠날 수 있다고 생각한
나였지만 늘 익숙한 곳에, 아픈 곳에 고여 있었다.
폭풍우가 쏟아질 것 같은 먹구름이 잔뜩 낀 얼굴을 하
고 가끔 웃으며 살고 있었던 것이다. 다른 창문을 열면
내가 좋아하는 나른한 햇빛이 들어올 거라고 생각했지
만 기분이 날씨가 되는 삶의 공간에서는, 어떤 문을 열
어도 변하지 않음을 직감했다.

내가 동경하는 삶은 창문을 열어 어떤 날씨를 만나도 그것을 바로 기분으로 만들지 않는 것, 그리고 언제 어디로든 떠날 수 있는 용기를 갖는 것이다. 또 나를 닮은 빗방울이 슬프지 않아서 비 오는 날씨를 싫어하지 않는 것이다. 가끔 웃는 삶이 아니라 가끔 우는 삶을 동경한다.

드라마처럼 위로를 주기를

선을 넘지 않으면서도 내 감정을 알아채주는 순간이 연출될 때,
그때 알았다. 나는 자주 이런 순간을 기다리며 살겠구나.

드라마 주인공이 부러웠던 이유는 외로움을 제때 알아
주는 사람이 곁에 있다는 사실이었다. 그 안에서는 시기
를 놓치지 않고 감정이 무르익었을 때 눈치채주는 사람
이 많았다.

드라마가 아닌 현실에서는 '그럼 연락하지 그랬어.'라
는 말이 잦다. '그럼 말을 하지 그랬어.'라는 말도 빈번
하다. 그럼 나는 따라 아쉬운 표정을 지으며 '그럴 걸
그랬네……'라며 말끝을 흐린다. 자존심과는 다른 문
제다. 아쉬운 소리를 하기 싫었을 뿐이다.

그리고 지금 이 타이밍이라고 힌트를 주는 걸 모르는

사람이라 그렇다. 차라리 그냥 솔직하게 전부 쏟아 내거나 아예 말을 하지 않는 편이 익숙해서.

그래도 가끔은 드라마의 한 장면을 만난 것 같은 때가 찾아온다.
선을 넘지 않으면서도 내 감정을 알아채주는 순간이 연출될 때, 그때 알았다. 나는 자주 이런 순간을 기다리며 살겠구나.

외로움의 모서리 앞에서

오랜 사랑을 버리고 싶어도 버리지 못하고.
오늘도 외로움의 모서리 앞에서 할 수 있는 일이 많지 않아
무기력해진다.

내가 투영해서 보는 모든 게 외로움이 덕지덕지 붙어 있는 것만 같아서 지겨운 전단지를 떼어내듯 한다. 조금은 신경질적인 말도 덧붙이며, 고작 그런 것에 짜증을 부리는 나를 한심하게 생각하며 왜 모든 것은 외로워서 나를 이렇게 만드는지 오늘도 바깥으로 탓을 돌려보면서 말이다.

나의 말에 귀 기울이지 않는 것에 손도 떼고 마음마저 전부 떼어냈다고 생각했는데 어느 한 모서리를 발견하면 버럭 화가 난다. 그러면서 화와 눈물이 서로 어느 것이 나으냐는 듯이 싸운다. 난 주로 중간 입장이다.

내가 보는 모든 것은 외롭고, 고로 나라는 사람은 지겹도록 외롭고, 해야만 하는 일에 신물이 나고 오랜 사랑을 버리고 싶어도 버리지 못하고.

오늘도 외로움의 모서리 앞에서 할 수 있는 일이 많지 않아 무기력해진다.

외롭지 않은 사람처럼

아무 생각 없이 웃고 싶다.
지금 행복한지 불행한지 따지지 말고,
지난 불행을 끌어다가 이야기하지도 말고,

괜찮은 척하는 게 습관이 되어버렸다.

술잔을 부딪치며 '나 요즘 좀 외로웠어.'라고 말하고
싶다.

외롭다는 말을 할 사람조차 없어서 외로웠다고, 실은
누군가 그 외로움을 살짝이라도 알아주길 바랐다고,
그런데 사실 아직은 내 외로움을 설명하고 싶지 않다
고. 무슨 말인지 모르겠지만, 그냥 넘어가줄 수 있겠냐
고 너스레를 떨며 웃고 싶다.

아무 생각 없이 웃고 싶다.

지금 행복한지 불행한지 따지지 말고, 지난 불행을 끌어다가 이야기하지도 말고, 미래의 행복을 보고 싶어 하는 얼굴을 하지도 말고. 그냥 지금 아무 생각 없이 웃고 싶다.

행복하지 않아도 좋으니까 행복에는 관심도 없는 사람처럼, 그러니 복잡한 것도 없이 웃고 떠들고 그 기분으로 하루를 마무리하고 싶다.

사람 사이, 그 거리

갈수록 말 한마디로 멀어질 사람을 구별하게 된다.
너무 멀지도 너무 가깝지도 않은 그 어디쯤 있는 게
가장 편하다는 생각을 한다.

사람 사이가 어렵다.

말을 할까 말까 하는 것도 괴롭다.

솔직한 게 좋은 거라는 걸 알면서, 정말 솔직하게 이야
기했을 때 이 생각과 감정이 온전히 전달될 수 있을까
고민하고 자신 없어 한다. 그래서 갈수록 말 한마디로
멀어질 사람을 구별하게 된다. 너무 멀지도 너무 가깝지
도 않은 그 어디쯤 있는 게 가장 편하다는 생각을 한다.

바람이 많이 부는 날씨를 좋아해.

무언가 새로운 숨이 들어오는 것 같은 기분.

바람이 나를 안아주면서 누군가 올 것 같은 느낌.

이렇게 누군가를 매일 기다리는 기분으로 살아.

때론 대상이 분명하지 않아도 무언가 오길 기다려.

꽤 목이 마른 사람이구나 생각해.

꼭 선인장처럼,

아무도 물이 필요한 줄 모르는데

실은 가끔은 물이 필요한 식물처럼 기다려.

오랜만에 물어봅니다.

잘 지내고 있습니까.

혹시 달빛이 환하면

우리 함께 본 바다가 떠오른 적은 없습니까.

마음에 나라는 파도 한 번 없이,

잔잔한 일렁임조차 없이

정말로 평안하십니까.

내가 없이 괜찮다는 말을 그동안

한 번도 후회한 적이 없는지 묻고 싶습니다.

진심이 전해졌을까

그 사람들은 어떤 게 중요했을까.
자존심, 이기심, 미워하는 마음 중에
내 진심이 이기지 못한 건 어떤 것이었을까.

내가 전한 진심은 쉽게도 외면당했다. 특히 정말 소중하다고 생각한 사람들에게.

그때부터는 진심을 말하기보단 어차피 내 이야기를 들어주지 않을 거야, 사과를 받아주지 않을 거야, 그러니까 내 마음은 굳이 이야기하지 말자. 그렇게 생각하는 게 나았다. 낫다는 말은 좋다는 말이 아니다.

늘 내가 전하고 싶은 진심이라는 최선책을 버리고 차선책을 선택했다. 내 진심을 외면해버릴 사람에게 나 또한 아무 말을 하지 않는 게 무승부라도 되는 건 줄 알았다. 그렇게 생각하면서도 정말 잃기 싫은 사람에

게는 다시 손을 뻗었고 마음을 열었다. 이게 마지막이
라고 생각하면서.

그 사람들은 어떤 게 중요했을까.
자존심, 이기심, 미워하는 마음 중에 내 진심이 이기지
못한 건 어떤 것이었을까.

분명 의미가 있을 거예요

지금은 멈춰 있는 것처럼 보여도 많은 사람들에게
내가 뛰고 있는 게 보이면, 그때가 되면
지금도 그렇게 의미 없는 시간은 아니었다고 말하고 싶다.

글을 쓰기 시작하고 말수가 줄었다.

내 생각을 이야기하고 누군가의 질문에 답을 하고 예전 이야기를 늘어놓는 것이 일상이었는데 마음에 있는 말을 모두 글로 꺼내 놓으니 그런 걸까. 아니면 글 핑계를 대고 싶은 걸까.

정말 솔직한 사람이라고 생각한 내가, 요즘은 지나치게 나에게만 솔직하다. 누군가에게 솔직해져본 지가 언제인가. 나는 말수가 한참은 줄어들었고 내 생각을 이야기하는 것보다 어제 본 드라마를 이야기하는 게 더 편해졌다.

아무런 발전과 변화도 없는 현재를 말해봤자 답답하고 무의미하게 느껴질 게 뻔하니까, 라는 이유도 있다. 늘 같은 일상을 살고 비슷한 생각을 하는데, 그걸 굳이 공유해야 할까. 또 나의 외로움으로 인해 누군가에게 주는 상처가 없었으면 바라니까. 외롭다고 말하는 일이 귀찮고, 말을 하지 않으면 아무 일도 생기지 않으니까. 나는 그래서 말을 아끼기도 했다.

자연스럽게 이렇게 변했듯, 자연스럽게 또 다른 모습으로 변하겠지.
지금은 멈춰 있는 것처럼 보여도 많은 사람들에게 내가 뛰고 있는 게 보이면, 그때가 되면 지금도 그렇게 의미 없는 시간은 아니었다고 말하고 싶다.

내가 놓친 소중한 인연들

그냥 보내버린 인연이 참 많다.
아마 그 수많은 인연도 나를 가끔 생각해주겠지, 고맙게도.

나의 옛날을 생각하면 부러움과 부끄러움이 함께 파도처럼 일렁인다. 스르륵 나를 훑고 가는 바다 같은 기억에 이제는 눈을 감아본다.

사람을 좋아했던 나, 무모해 보이더라도 시도하는 걸 겁내지 않았던 나, 많은 사람과 함께하는 자리를 즐겼던 나, 그런 나.

난 내가 미워하는 게 많은 줄 알았는데 사실은 너무도 많은 걸 사랑하고 있었다. 미워했던 건 나 자신이었을 뿐. 나를 더 사랑할 줄 몰랐지만 거침없었던 그때가 가끔은 그립다. 얼마 전 대학 때 친했던 친구와의 통화에서 '한 번만 돌아가고 싶다, 한 번만.'이라는 말을 거듭 반복하는 나를 보며 알았다. 실은 내가 그때로 그렇게 돌아가고 싶었던 것도 몰랐으니까. 왜 그렇게 돌아가고 싶어 할까 생각해보니 부러움과 부끄러움이 함께 밀려온 것이다.

그때는 내 곁에 좋은 사람들이 너무도 많았다.
지금도 걷는 걸 좋아하지만 나는 그때 잘못한 게 있고 마음이 괴로우면 무작정 걸었다. 햇빛이 쨍쨍한 처음 가보는 길도, 비가 세차게 내리던 운동장도, 그때마다 함께해준 사람들이 있었다.
이해되지 않는다는 듯 말하지도 않으며 물을 챙겨줬고 우산을 챙겨줬던 사람들.
지금에서야 좋은 친구, 좋은 사람이라고 말할 수 있는 함께 걸어주고 괴로워해 줬던 사람들. 내 부족함으로 잃어버린 소중한 사람들.
그땐 나를 챙기기도 버거워서 쉽게 놓쳐버리는 게 많았다. 그래서 손에서 빠져나가도 모두 잡을 여유가 없다는 이유로 그냥 보내버린 인연이 참 많다. 아마 그 수많은 인연도 나를 가끔 생각해주겠지, 고맙게도.

셀 수 없이 많은 인연 중에 우리가 한때 밥을 같이 먹고 나란히 걸었다는 사실을 떠올려주는 이가 있겠지.

나도 그렇게 생각지도 못한 순간에 왔던 인연들을 여전히 생각한다.

그리고 그들을 그리워한다. 나라는 바다는 여전히 여기 있고, 나를 지나간 모든 인연은 그 위에 별처럼 떠 있다. 해가 지면 더욱 선명하게 빛난다. 여름 바다를 생각하면 생각지도 못한 순간에 사라진 그들, 그 인연들이 떠오른다.

겨울이 좋다

어찌됐든 다른 이유를 모두 떠나서도 나는 겨울이 좋다.
밤이 길고 사색이 눈을 뜨는 아름다운 새벽이 계속 되니까.

밤이 긴 겨울이 좋다.

여름은 내가 좋아하는 새벽이 짧고, 해가 일찍 뜨니까 매력이 떨어진다. 그렇게 실컷 뜨거웠으면 지고 나서 식어 있는 시간도 길면 좋을 텐데 하는 생각을 꽤나 했다. 그리고 다한증 때문에 손에 땀이 많이 난다는 이유에서 여름이 싫은 것도 있었다.

사람 많은 버스 안 손잡이를 잡는 게 꺼려져서 몇 정거장 일찍 내려 걸어서 집에 가는 일이 익숙했고, 누군가 손을 잡으려고 하면 난 손에 땀이 많아서 손잡는 걸 안 좋아한다며 감추곤 했다. 사실 여름이 잘못은 아닌데.

마음에 들지 않는 부분을 계절 탓으로 돌린다고 편해
지는 것도 아닌데 말이다.

어찌됐든 다른 이유를 모두 떠나서도 나는 겨울이 좋다.
밤이 길고 사색이 눈을 뜨는 아름다운 새벽이 계속 되
니까.
낮에도 밤이 되길 기다리는 계절. 사랑할 준비를 하게
되는 계절. 그래서인지 겨울에 비해 여름은 나를 종종
무기력하게 만든다.

도시에서 살아남는 법

모두 그런 도시에서 살아남으려고 가끔 사람이 싫은 척 애쓴다.
결국 변하고 사라질 감정에 휘둘리지 않으려 '더 다가오지 마세요.'
같은 표지판을 들고 말이다.

도시는 워낙 공허하고 쓸쓸해서 조그마한 친절과 다정에도 마음이 흔들린다.

애정이 결핍된 자들이 모여서 사는 도시에는 특히 호의를 호감으로 착각하고 인류애를 사랑으로 착각하는 경우가 흔하다. 목이 마르고 배가 고픈 것처럼 쉽사리 채워지지 않는 애정 때문에 오해와 갈등이 빈번하다.

모두 그런 도시에서 살아남으려고 가끔 사람이 싫은 척 애쓴다. 결국 변하고 사라질 감정에 휘둘리지 않으려 '더 다가오지 마세요.' 같은 표지판을 들고 말이다.

J 이야기, 첫 번째

J는 예전부터 확실하게 행복해 보이는 사람이 있으면
기분이 이상했다.
지금 자신의 행복을 의심받는 기분이기 때문일까.

J는 종종 그 카페의 구석자리에 앉아 사람을 구경했다.
그 자리를 좋아하는 이유는 햇빛이 잘 들어오는 창문
이 있음에도 구석이라는 기분은 명확하게 느끼게 해주
기 때문이라고 했다.

일이 잘 안 풀리는지 노트북 자판을 툭툭 치다가 창밖
을 본다. 사람 구경을 시작한 것이다. 다양한 표정과
모습으로 지나가는 사람들. 그들의 기분과 사연을 짐
작해본다.

J는 예전부터 확실하게 행복해 보이는 사람이 있으면

기분이 이상했다.

지금 자신의 행복을 의심받는 기분이기 때문일까. 그래서 이제는 창밖에 지나가는 사람 중에 확실히 행복해 보이는 사람을 통해서 자신의 심리상태를 파악해보는 것이다. 누군가를 투영해서 자신을 안다는 것.

어쩌면 J는 불행하다고 느낄 때마다 사람 구경을 했는지 모른다. 짐작만큼 어리석은 것도 없지만 상상하기 좋은 조건도 없으니까.

J는 그 카페 구석 자리에 앉아서 아무도 모르는 행복을 평가하는 일을 반복한다. 햇볕이 내리쬐면 자주 눈을 감아가면서.

외로워서 일어나는 일이 참 많다

누군가를 믿어서 다친 게 바보처럼 이해가 되려고 하면
외로운 사람보다는 외로움이라는 게 미워진다.

인지하지 못하지만 세상에는 외로워서 일어나는 일이
참 많다. 알고 싶지 않아도 알게 되는 외로움이 너무나
도 많다.

'다 외로워서 생긴 일이야.'라고 생각할 때 유난히 쓸쓸
하다.

누군가와 멀어지는 게 한두 번도 아니고 하루 이틀 일
도 아닌데, 그 이유에 외로움이 붙으면 가해자도 가끔
은 무고해 보인다.

누군가를 믿어서 다친 게 바보처럼 이해가 되려고 하
면 외로운 사람보다는 외로움이라는 게 미워진다. 어

쩌면 사람보다는 감정을 미워하는 일이 가장 자신을
위한 것인지 모른다.

정을 떼는 일

꼭 정을 떼려고 하면 몰랐던 마음을 알게 된다.
생각만큼 쉽거나, 생각보다 어렵거나.

예전에는 정을 떼는 일이 막연하고 어렵게만 느껴졌
다. 어떻게 보내줘야 할지 몰라서 괴로웠는데, 이제는
생각만큼 쉽기도 하다. 멀어지기 어려웠던 게 막상 쉬
운 것이 되어버리면 허무함이 밀려온다. 이렇게 괜찮
을 거였는데, 그렇게 두려워했나 싶어서.
아니면 그렇게 미리 두려워했기 때문에 지금 이렇게
괜찮은 걸 수도 있겠지만 생각보다 어려워도 보내줄
사람은 보내줘야 한다며 받아들인다.
꼭 정을 떼려고 하면 몰랐던 마음을 알게 된다.
생각만큼 쉽거나, 생각보다 어렵거나.

상처를 기억할래요

어떤 마음으로 견뎌냈는지는 한 줄로 쉽게 요약되고
결국 견뎌냈다는, 지금 살아 있다는 사실만 중요한 거겠죠.

사람마다 누구나 죽고 싶은 마음 하나 감추고 살잖아
요. 용기가 없음이 이유가 될 수도, 사랑하는 사람이 있
다는 게 이유가 될 수도 있는 거죠. 그런데도 상처 준
사람은 용서하기 힘들잖아요. 더 살려고 잊은 척하는
거지. 자꾸 아는 척하고 미워할수록 자신만 괴로워지니
까 모르는 척 사는 거지. 괜찮은지, 다 잊었는지 물어봐
주는 사람이 없어서 그렇지 실은 가끔 생각나고 아프잖
아요. 솔직하게 말할 사람이 갈수록 줄어들어서 그렇지
사실 가끔은 모두 털어놓고 싶은 날이 있잖아요.

그 마음 다 알아요. 나도 그러니까, 그렇게 내 상처를 외면하면서 사니까. 걷잡을 수 없이 마음에 불이 번져버릴까 봐 재빠르게 불이 난 적도 없는 것처럼 닫아버리니까. 괜찮다며 웃어 보일 수도 없는 건, 이제 괜찮은지 묻는 사람조차 없으니까 그런 거겠죠. 우리는 괜찮아졌다는, 나아졌다는 말이라도 하고 싶은데 이제 그 사람들에게 상처받은 날조차 지워졌으니까 그런 거겠죠.

상처에 대한 결과만 중요한 거 알아요. 어떤 마음으로 견뎌냈는지는 한 줄로 쉽게 요약되고 결국 견뎌냈다는, 지금 살아 있다는 사실만 중요한 거겠죠. 어떻게 견뎌냈는지 기억하는 건 자신뿐인 거겠죠. 앞으로도 그래야만 하는 거라면, 어쭙잖게 위로를 건네던 사람들을 용서하지 않을래요. 이제 나를 가장 크게 위로할 수 있는 사람은 나예요. 충고도 조언도 마찬가지예요. 위로하려는 마음이 바탕에 없는 충고와 조언은 비난에 가까운 거니까요.

그러니 누구보다 자신의 상처와 살아남았다는 사실이
중요할 그 사람도 우리에게 비난했다는 사실을 꼭 알
게 되면 좋겠어요.

J 이야기, 두 번째

홍수처럼 쏟아지는 비디오, 오디오, 그리고 수많은 사람들.
그 사이에 필요 이상으로 피어나는 어긋남.
우리는 어디쯤에 속해 있는지,

J는 호의를 호감으로 착각하지 않으려는 버릇이 있다.
의미 부여를 하면 끝도 없어지고 하루를 그 사람과 관
련된 상상으로 보내야 하니까 그 피곤함을 차단하는 것
이다. 물론 늘 들어맞지는 않는다. 어둠에서 새어나오
는 빛줄기처럼 너무도 환하게 마음으로 파고드는 빛 같
은 다정함을 만날 때다. J는 그럴 때 투덜거린다. 얼굴을
자주 찡그리며 어색하게 웃는다. 상대방에게 티 나지 않
도록, 그러나 싫어하는 것처럼 보이지는 않도록 말이다.
흔들리는데 흔들리지 않는 척하는 건 어렵다.

J는 사실 말하고 싶어 한다. 홍수처럼 쏟아지는 비디오, 오디오, 그리고 수많은 사람들.

그 사이에 필요 이상으로 피어나는 어긋남. 우리는 어디쯤에 속해 있는지, 어긋날 때까지 서로를 바라볼 필요가 있는지 묻고 싶어 한다. 호의를 호감으로 착각했다면 미안하지만 자꾸만 의미 부여를 하게 되는 걸 보니 나는 이미 좋아하기 시작했다고, 그렇게 조금은 자기방어적인 고백을 하고 싶어 한다. 그게 J가 가장 잘하는 것이다. 이기심이 매력으로 보일 수 있는 것.

그런 부분조차 애틋하게 지켜봐왔다고 말해줄 사람을 기다리는 것 또한.

갇혀 있지 않기 위해

상처를 치유하면서 가장 중요한 것은 상처와는 별개로
자신에게 다시 상처를 주고 있지는 않은가 돌아보는 것이다.

아직 치유되지 않은 건 아름답게 표현할 수 없다.

용서하지 못한 감정은 포장하고 미화시킬 수 없다.

그래서 어쩌면, 조금이라도 좋은 표현을 쓸 수 있는 사
건이나 감정은 이미 어느 정도 용서했는지도 모른다. 기
억이 날 때마다 괴로우니까 느끼지 못하고 인정하지 못
했을 뿐 이미 한참은 보내줬고 또 괜찮아졌다는 거다.

상처라는 게 생각지 못한 순간에 다시 찾아와 괴롭히
는 존재이기도 하지만, 상처라는 꼬리표를 스스로 떼
지 못해서 더 오래가는 것이기도 하니까.

어떤 기억과 감정은 억겁의 시간이 지나도, 다음 생에

도 다시 만나게 될 것 같지만 실은 그렇게 부추기는 건 자신이 만들어낸 편견의 영향도 한몫한다는 거다.

자신의 틀에 갇혀서 헤어 나오지 못하는 게 가장 무섭다. 나만큼 나에게 지대한 영향을 끼치는 건 없으니까. 그래서 상처를 치유하면서 가장 중요한 것은 상처와는 별개로 자신에게 다시 상처를 주고 있지는 않은가 돌아보는 것이다. 수시로 어떤 꼬리표를 붙이고 있는지 자신의 상태를 체크해보는 일이다.

별로인 나에 대해

견디는 법을 가르쳐달라고 할까요.
아니면 외롭다고 말하지 않으면서
사랑받는 법을 가르쳐달라고 할까요.

욕심은 없어 보이는데 다 가진 것처럼 웃는 사람이 부러웠어요. 나는 다 가졌다고 해도 그렇게 웃지는 못할 것 같았거든요.
어쩌면 제대로 웃는 법을 모르기 때문이겠죠.
웃는 건 누가 가르쳐주는 게 아니잖아요.

그런데 누가 가르쳐주지 않는 걸 좀 배우고 싶은 기분일 때가 있어요.
열심히 배울 자신이 있으니까 인정받지 못해도 견디는 법을 가르쳐달라고 할까요.

아니면 외롭다고 말하지 않으면서 사랑받는 법을 가르쳐달라고 할까요.

배워도 나는 잘 안될 것 같아서, 오늘은 정말이지 그런 기분이라서 좀 울적해요.
웃는 법을 가르쳐달라면서 우는 사람은 아무래도 별로 겠죠?

이만 할게요. 내가 별로인 사람이라는 걸, 오늘은 나만 알고 싶거든요.

어딘가 당신을 많이 닮은 나를 보면서

나는 조용히 무너질 준비를 한다.

반대로 당신은 이제 무뎌져서

꽃처럼 아름다웠던 우리가

바람으로 불어와도 눈길조차 주지 않는다.

나는 그렇게 당신의 배경도 풍경도 되지 못한다.

어렴풋이 고개를 드는 아련한 너의 얼굴,

내가 한 번도 보내준 적 없는 이의 얼굴이

눈동자에 가득 담기면 계절의 온도가 달라진다.

날씨도 기온도 잊으면 너의 이름만 남는다.

나는 조금 성장했을까?

이제는 불편함을 이야기할 용기쯤은 가지고 사는 사람이 되었다.
불편한 것을 이야기해서 불편해지는 사이는
보내줄 수도 있는 사람이 되었다.

불편해지는 것은 한순간이다. 서서히 기분이 상하는
사람도 있겠지만, 나는 주로 반대다. 그건 확고한 의
견을 가지고 있다는 거고 어쩌면 남들보다 좀 더 고집
이 센 것일지도 모른다. 그리고 내가 생각한 벽을 밀치
고, 또는 정해놓은 선을 침범하려는 사람에 대한 차단
이 빨라졌다. 그건 이제 불편함에 대한 가치관이 뚜렷
한 사람이 됐다는 증거다. 무조건 맞다, 틀리다와 상관
없이 나만이 가지고 있는 사상이 모든 선택을 좌지우
지 한다는 것이다.

과거에는 그런 가치관이 뚜렷하지 않아서 상처받을 상황을 내 탓이라며 넘겨버렸다. 불편해지는 것은 한순간일 수 있는데, 나는 꽤나 내 생각에 자신이 없었으니까. 오만하거나 지나치게 겸손할까 봐 걱정하기 바빴으니까. 하지만 이제는 불편함을 이야기할 용기쯤은 가지고 사는 사람이 되었다.

불편한 것을 이야기해서 불편해지는 사이는 보내줄 수도 있는 사람이 되었다.

나는 나에게 상처를 준 사람보다 강하다.

나는 내가 너무 미웠다

지금도 나는 가끔 시계를 문지르며 그때를 떠올린다.
내가 아플 수밖에 없었던, 나를 너무도 아프게 했던 그때.
죽음은 몰랐어도 죽음의 기분은 느낄 수 있었던 바로 그때 말이다.

매일 차고 다니는 시계가 있다. 엄마의 유품이기 때문이고, 손목에 있는 화상 흉터 때문이기도 하다. 그 시계를 처음 외할머니께 받을 때가 아직도 선명히 기억난다.

외할머니는 동네 어르신들이 다 모인 자리에서 그 시계를 내게 건네셨다. 차보라는 말에 나는 낯선 시계를 왼쪽 손목에 둘렀다. 외할머니는 그걸 보시고는 "딱 맞는 게 엄마랑 손목이 똑같네. 얼굴도 똑같은데……." 라며 말끝을 흐리셨다. 그러자 그 자리에 모인 동네 어르신들이 모두 같은 표정을 지으며 같은 한숨을 내쉬

셨다. 죽음에 대해 아직은 잘 모르던 내가 처음 느낀 강렬한 동정이었다.

나는 거의 1년에 한 번씩만 외할머니 댁에 방문했다. 처음에는 나에게 쏟아지던 관심에 어리둥절했고, 시간이 갈수록 나만 보면 엄마 이야기를 하며 눈물을 흘리는 외할머니가 부담스러워졌다. 그 동네에는 나를 나로 봐주는 사람이 없었다. 단지 나는 1년에 한 번씩 그 동네에 들르는 '엄마도 동생도 가고 혼자 남은 불쌍한 애'가 되어버렸다. 커갈수록 엄마를 닮아간다는 말뿐인 외할머니를 보면서 나의 성장에는 관심이 없구나, 그렇게 생각할 수밖에 없었다.

그건 내가 깨달은 부재의 무서움이었다. 공백, 빈자리, 사라진다는 것. 그리고 누군가에게는 상처가 될 수 있는 그리움까지. 지금도 나는 가끔 시계를 문지르며 그때를 떠올린다. 내가 아플 수밖에 없었던, 나를 너무도 아프게 했던 그때. 죽음은 몰랐어도 죽음의 기분은 느낄 수 있었던 바로 그때 말이다. 누구의 잘못도 아닌 것 같은데 계속해서 들끓는 죄책감 때문에 나는 나를 미워했다. 살면서 가장 뜨겁게 미워했던 대상이 실은 나였다.

겁 많은 마음

싫다는 말에는 여러 뜻이 있는데 좋아하려다
그만두는 건 두려움이다. 지금처럼 감정을
내 통제 아래 두고 지내는 일상을
깨고 싶지 않을 뿐이다.

너무도 오래 빠져 있다가 헤어 나오지 못했기 때문이다.

내 의지로 되지 않는다는 것, 감정 조절이 되지 않는다

는 것에 공포도 충분히 느꼈으니까.

이제는 조심스러워지는 거. 그래서 너무 깊게 빠질 것

같으면 알아서 조절하게 된다.

좋아하려다 그만둘 수 있는 건 진짜 좋아하는 게 아니

라는 이유를 붙인다. 한편으로는 더 다가가고 싶어 하

는 나를 떼어낸다.

무언가를 너무 좋아해본 사람들은 알 것이다. 오래 빠

지기 싫어서 좋아하려다 그만두는 것을.

싫다는 말에는 여러 뜻이 있는데 좋아하려다 그만두는 건 두려움이다. 지금처럼 감정을 내 통제 아래 두고 지내는 일상을 깨고 싶지 않을 뿐이다.

상처는 오롯이 내 책임

애석하게도 불행이라는 방은 또 출구가 없었다.
때로는 주머니처럼 작아지며 때로는 내 발이 닿는 모든 곳이
그런 공간이라서 크게 울어도 남들에게는 들리지 않았다.

어디로 가야 할지 몰라서 매일을 불안에 떨었다. 더는
공간이 없는 주머니 속에 자꾸만 불행을 주워 담았다.
어디에서부터 와서 어디로 사라지는지 모르는 것을 궁
금해하며 따지며 그리고 억울해하며 그렇게 살았다.
나를 그런 사람으로 기억한다는 게 슬프긴 하지만 그
땐 그랬다.

애석하게도 불행이라는 방은 또 출구가 없었다. 때로
는 주머니처럼 작아지며 때로는 내 발이 닿는 모든 곳
이 그런 공간이라서 크게 울어도 남들에게는 들리지
않았다.

내일 또 어디론가 옮겨 다녀도 나아질 것 없다는 게, 누구도 이 상처에 대해 책임져주지 않는다는 게 지겹도록 원망스러울 때가 있었다.

당신의 매력

어떤 게 매력 있는 사람인지 알지만 나는 그렇게 하지 못한다.
이미 그런 사람이 아니게 되어버렸다는 생각 때문일까.

매력 있다는 말, 유별나다는 말을 꽤 들었다.

나는 그 말을 좋아한다고 생각했는데 지금 와서 생각해보니 나를 특별한 존재로 여겨주는 게 좋았던 것 같다. 누군가에게는 이상하거나 지극히 평범해 보였을 텐데 나의 구석구석을 세심하게 봐준 그 마음이 고마웠고 그래서 그런 말이 예쁘다거나 귀엽다는 말보다 좋았다.

예쁘고 귀엽지는 않아도 특별하고 싶었던 그런 내가 지금은 변했지만 이제는 자연스럽게 나를 이야기하지 못한다. 어떤 게 매력 있는 사람인지 알지만 나는 그렇게 하지 못한다. 이미 그런 사람이 아니게 되어버렸다는 생각 때문일까. 색이 바래진 것 같다. 영롱한 빛을 내던 구슬이 힘없이 그 색을 잃어가는 느낌.

변하는 게 싫다고 하면서, 나 자신도 많이 변한 거겠지 생각한다.

역시 변하는 건 전부 아름다울 수 없다는 말을 덧붙이면서.

매력 있다는 건 뭘까, 내 매력은 뭘까,

누군가 그걸 또 구석구석 세심하게 살펴봐서 발견해줄까.

비슷한 너와 나

보통은 힘들어 보이는 감정에 눈길이 가고 마음이 가는 것 같다.
사실 처음 보는 모르는 이가 걱정이 된다기보다는
얼핏 보이는 억울하고 힘든 사연에 관심이 가는 것이겠지.

'어떤 사연이 있길래⋯⋯.'

그렇게 궁금해지는 누군가의 모습을 종종 발견한다.

사람 이전에 어떤 이유로 저런 표정을, 저런 행동을,

저런 말을 할까 싶은 궁금증이 먼저 든다. 보통은 사람

에게 관심이 있다는 이유에서지만 사건에 먼저 관심을

가지기도 한다.

대체 어떤 사연으로 나를 집중시키는지 가서 물어볼

수도 없으니 혼자 어렴풋이 짐작해본다.

예를 들면, 버스에서 큰 소리로 하는 통화를 의도치 않

게 엿들었을 때, 모두 스마트폰을 들여다보며 고개를

드는 이가 아무도 없을 때, 고개를 들고 한숨을 쉬는 사람을 발견했을 때, 늦은 밤 집에 가는 길 술 취한 아저씨가 혼자 들릴 듯 말 듯하게 속상한 이야기를 중얼거리는 뒷모습을 봤을 때, 보통은 힘들어 보이는 감정에 눈길이 가고 마음이 가는 것 같다. 사실 처음 보는 모르는 이가 걱정이 된다기보다는 얼핏 보이는 억울하고 힘든 사연에 관심이 가는 것이겠지.

그리고 우습게도 나를 가장 걱정해야 할 때 특히 더 그렇다. 나와 비슷한 사람일까 하는 동질감을 느끼고 싶은 건지 처음 보는 사람의 감정에게 동정을 표하며 지나친다.

세상에 나와 같은 어떤 사람은, 혹시 나를 보고 그랬을까.

J 이야기, 세 번째

J는 어두운 과거를 생각하면서도
예쁘게 물들어 있는 노을을 생각한다.
너무도 힘들 때, 신은 견딜 수 있는
고통만 준다는 말을 떠올리는 것처럼.

노을이 얹어진 건물에 먹구름이 잔뜩 낀 하늘까지, J가
걷기 좋아하는 환경이다.

바람까지 실컷 불면 그녀에게 완벽한 날씨가 된다.

건물이 물들어 있는 것을 보고 J는 어릴 때 매년 하던
봉숭아 물들이기가 생각났다.

손을 질끈 묶었던 실이 아프면서도 예쁜 색을 기대했
던 그때, 그날의 하늘과 건물까지 모두 물들여버렸던
딱 그 노을 색이었다.

J는 어두운 과거를 생각하면서도 예쁘게 물들어 있는
노을을 생각한다.

너무도 힘들 때, 신은 견딜 수 있는 고통만 준다는 말을 떠올리는 것처럼.

언제나 노을을 보면 울음 같은 웃음이 퍼지는 건 그 때문이라는 생각이 든다.

J가 봉숭아물이 든 손톱이 지워지지 않길 바라면서 빌었던 소원은 행복해지는 것이었다.

내가 생각하는 멋진 삶

아이의 울음을 사탕으로 달래는 것처럼. 더 많이 나가떨어져도
다시 매달릴 것을 많이 만들어봐야겠다.
힘들어도 다시 도전할 수 있는 구실을 말이다.

내가 멋지다고 생각했던 삶은 현실성이 떨어진다는 것
을 뒤늦게 알았다.

늦게 알았다고 해서 무조건 나쁜 건 아니지만 쓸쓸함
은 뒤따른다.

고생을 해보고 호기롭게 부딪혔다가 나가떨어져 봐야
만 안다는 게 서글픈 와중에 정말 중요한 건, 아직 나
가떨어질 많은 날들 중 시작에 있다는 사실이다. 한마
디로 더 방황하고 실패할 거라는 거다. 예전에는 무슨
자신감으로 이보다 더 나은 삶을 살 거라고 확신했는
지, 고통은 상상하지 못했는지 신기하다.

뭘 모르면서도 그렇게 걱정이 많았던 시절이 적잖이 억울하기도 하고 어차피 모른 거 더 해맑기라도 할 걸. 아무튼 나는 앞으로도 더 많이 나가떨어질 거고 그래도 하고 싶은 일을 하기 위해 노력할 테니 그런 자신이 애틋하겠지.

나날이 전보다 더 애틋해지는 자신이었는데 지금은 살짝 주춤하다. 누구나 주춤할 때도 있는 거지, 라며 고민을 미래 계획으로 자꾸만 덮어본다. 아이의 울음을 사탕으로 달래는 것처럼. 더 많이 나가떨어져도 다시 매달릴 것을 많이 만들어봐야겠다. 힘들어도 다시 도전할 수 있는 구실을 말이다.

나는 또 그런 것 앞에서 약해질 테니까. 그리고 멋지다고 생각했던 삶 근처를 헤매다가 어떤 날에는 만나야지.

꾸밈없는 행복

당신의 좋았던 말 안에서 오래 지냈듯,
특별한 사랑을 하고 삶을 꾸미게 되기를.

'보통의 하루를 보내면서도 지겹지 않다고 느끼는 사람
도 있겠지, 하지만 난 아니야.'
무난하게 하루하루를 보내는 평탄한 일상이 꿈이었던
때가 있었다. 남들은 별 볼 일 없는 일도 나는 특별하
다고 믿었던 때. 생각보다 그 시기는 빠르게 지나갔고,
나른한 오후는 지루했다.
특별한 누군가를 사랑하지 않고 좋아하는 음식을 자주
먹지 않아도 삶이 특별하게 느껴지면 얼마나 좋을까
그런 생각을 자주 했던 것 같다.

창문을 열면 느껴지는 공기가 제법 봄 같다.

나는 변했지만, 이 계절은 또 지겹도록 변하지 않는다.

계절마다 풍기는 향이 나를 설레게 하다가도 지루하게

만들까 봐 창문을 조용히 닫는다.

마음의 환기는 창문을 통해 들어오는 바람 정도로 해

결되지 않는다는 것을 안다.

이럴 때 보면 정말 내가 변했다. 나를 변하게 한 다른

것들이 무수히 많겠지만, 이유가 어쨌든 변한 것이다.

따분하고 재미없는 일상에 진정 봄 같은 하루를 만나

기를 기대하며 산다.

당신의 좋았던 말 안에서 오래 지냈듯, 특별한 사랑을

하고 삶을 꾸미게 되기를.

지금 이 꾸밈없는 날들이 덜 지루하게, 무기력해지지

말자고 자신에게 말한다.

3장

누구보다 나답게 사는 일

불안이 많아서 미안해

아무리 사랑을 쥐도, 백 번을 대답해도 부족하다고 느낄
이 여자에게 내가 더 큰 사랑을 줄 수 있는 사람인지
점점 자신이 없어진다고 말하고 싶었다.

"그래, 나도 사랑해."

남자는 말했다.

"정말 사랑해?"

여자는 물었다.

사랑을 확인하는 대화가 몇 번 오갈 때쯤, 남자는 사
실 여자를 정말 사랑하고 있는지 모르겠다는 생각이
들었다.

매일 저렇게 물어보는 여자를 지금도 사랑하고 있는지
고민하게 되는 밤의 시작이었다.

"날 얼마나 사랑해?"

여자는 물었다.

"사랑해. 그만 물어봐."

남자는 대답했다.

사실은 그 질문이 지겨워진 건지 질문을 하는 사람이 지겨워진 건지 모르겠다고 남자는 그렇게 대답하고 싶었다.

아무리 사랑을 줘도, 100번을 대답해도 부족하다고 느낄 이 여자에게 내가 더 큰 사랑을 줄 수 있는 사람인지 점점 자신이 없어진다고 말하고 싶었다.

감사한 날의 기도

촛불을 끄기 전 기도를 하는 할머니를 보며 나도 기도했다.
우리 집이자, 나의 엄마이자, 내가 사는 이유인 할머니의 기도를
들어달라고 그렇게 나도 따라 빌었다.

생일이 아니어도 당신 존재에 감사한다는 말이 들어간
글은 우리 할머니를 두고 쓴 글이었다.

오늘은 유난히 더 감사한 날이니, 할머니가 좋아하는
덜 단 고구마케이크를 사들고 집에 왔다.

촛불을 끄기 전 기도를 하는 할머니를 보며 나도 기도
했다.

우리 집이자, 나의 엄마이자, 내가 사는 이유인 할머니
의 기도를 들어달라고 그렇게 나도 따라 빌었다.

그저 잠시 머물 미련에게

미련과 사랑을 억지로 구분하려고 애쓰지 말자.
생각나면 생각나는 대로 생각하고
또 무뎌지면 무뎌지는 대로 두자.

지나가는 미련이다.

누구에게나 찾아오는 미련은 어떤 사람에게는 금방 지
나가고, 어떤 사람에게는 조금 오래 머무른다. 머무르
는 동안 미련이라는 감정에 너무 정을 주지 않길 바란
다. 어차피 떠날 거니까.

미련과 사랑을 억지로 구분하려고 애쓰지 말자. 생각나
면 생각나는 대로 생각하고 또 무뎌지면 무뎌지는 대로
두자. 괴로워도 어쩔 수 없이 이별은 그렇게 하자.

봄처럼 사랑했다

봄같이 와서 겨울처럼 떠난 사람이었다, 당신은.

꽃이 질 걸 알아서 봄을 사랑하였다.

언젠가 떠날 걸 알기에 당신을 사랑하였다.

봄같이 와서 겨울처럼 떠난 사람이었다, 당신은.

어느 틈에 있었는지 그토록 기쁘고 벅차게 다가와

아프게 하고 사라졌다.

언젠가 멀어질 줄 알면서 세상에 사랑할 수 있는 사람

은 당신 하나인 것처럼 굴었다.

온 마음 구석구석 당신이 닿지 않은 곳이 없는데 잊으

라고 하다니, 퍽 잔인한 일이다.

당신이란 책을 읽는다

나는 몇 번이고 당신을 다시 읽고 싶은 건,
당신의 인생을 아직도 사랑하기 때문일까.

누군가를 사랑한다는 건 그 사람의 인생을 읽고 마주
본 어떤 것도 결국 이해하려고 노력하는 게 아닐까?

사랑하는 사람을 책에 비유한 글을 쓴 적이 있다.
그 사람을 만나서 그 사람의 인생을 읽었기 때문일까.
난 다 읽고 이해되지 않는 주인공으로 남았지만, 그리
고 나라는 책은 당신에게 두 번 다시 읽히지 않을 테지
만, 나는 몇 번이고 당신을 다시 읽고 싶은 건, 당신의
인생을 아직도 사랑하기 때문일까.

이제는 아무렇지도 않게 이런 말을 한다.

나는 여태껏 당신을 이해하는 것을 포기한 적이 없다고.

약해져도 괜찮아

뒤에서 보고 있을 테니 걱정 말라는 말.
괜찮다는 말이 사랑을 만나면 그렇게 된다.

가끔은 나약해도 괜찮다는 말이 듣고 싶었다.

그동안 많이 참았으니 오늘만은 그러지 않아도 된다는

말을 듣고 싶었다.

괜찮아질 거라는 막연한 위로보다는 그 많은 생각을

흐트러뜨리고 무너지는 어깨에 손을 얹어주는 말이 필

요했다.

괜찮지 않아도 괜찮다는 말은 그런 말이다.

뒤에 서서 내 어깨를 눈물로 다 적시면서도 다시 앞을

보고 가라는 말.

뒤에서 보고 있을 테니 걱정 말라는 말.

괜찮다는 말이 사랑을 만나면 그렇게 된다.

당신이란 비가 내렸다

당신은 상태 메시지에 종종
'우산이 있어서 좋다'라고 적어두었다.
나는 당신의 우산이었다.

그 수많은 외로움 속에도 나는 너이고 싶었다.

우리에게 우연이 끊이지 않기를 바랐다.

소나기처럼 내린 당신을 피하지 못했다.

걷든 뛰든 가만히 있는 것보다는 덜 젖을 거로 생각했

지만 폭우 앞에 피할 수 있는 사람은 없었다.

나에게는 우산이 없었다.

아니, 실은 우산이 필요 없기도 했다.

그런 당신은 상태 메시지에 종종 '우산이 있어서 좋다'

라고 적어두었다.

나는 당신의 우산이었다.

나에게 당신이라는 비는 그치지 않았다. 소나기인 줄 알았는데, 그러길 바라다가도 아니었으면 했는데 예상은 늘 빗나갔다. 당신이 주는 외로움이 수많은 빗방울로 내릴 때도 나는 여전히 당신이고 싶었다.

비를 피할 생각은 없었다.

당신은 나라는 우산이 있었고, 나는 없었어도 후회한 적 또한 없었다.

다만 우리에게 우연이 더 찾아오길 바랐다.

바라는 그 많은 것들을 제치고 우리를 더 이어줄 우연만 계속되기를, 비가 언제 올지 모르고 언제 그칠지 모르는 것처럼 서로의 인연에 대해 평생 기대하며 살게 되기를.

내가 바라는 것은 그것이었다.

우리 나란히 걷자

내 그림자가 아직 당신을 닮았네요.
마음을 가져다가 한 아름 안겨주고 싶어요.

당신보다 키가 큰 나무 앞에 서서 당신이 어디쯤 오는
지 손을 뻗어 어림해봅니다. 그리고 내 마음은 어디쯤
있는지 손을 대 짐작해봅니다.

내 그림자가 아직 당신을 닮았네요.

마음을 가져다가 한아름 안겨주고 싶어요.

당신이 걸어오는 게 보인다면 겁이 많은 나도 뛰어갈
수 있을 것 같습니다. 어디까지 가시는지 모르겠지만
우리 달까지만 같이 갑시다.

너 없는 봄

나는 당신 없는 봄을 모른다.
그러니, 겨울에서 늘 그렇듯 당신을 기다려야겠다.

내가 가장 외로울 때 나오는 문장은 꼭 당신을 닮았다.
아무리 마다해도 봄이 오는 것처럼 저절로 오는 감정
이 당신과 똑 닮아 있다.
나를 보름달이라고 부르던 당신이, 올봄에는 혹시 어
떤 이를 사랑하게 될까 조바심이 난다.

봄을 닮은 사람을 만나도 좋다.
봄은 무엇이든 시작하기 좋은 때이니, 우리가 피어났
던 그런 기억쯤이야 이제는 잊어도 좋다.
기억은 모두 내가 할 테니 당신은 그래도 괜찮다.

나는 당신 없는 봄을 모른다.

그러니, 겨울에서 늘 그렇듯 당신을 기다려야겠다.

어둠이 앉고 당신이 그립다

여전히 어두워지면 당신이 보고 싶다.

당신보다 나를 사랑하는 일에 소홀했던 것에 대한 벌일까. 나는 아직 나를 찾지 못하고 당신을 사랑하는 사람으로 살고 있다.

여전히 어두워지면 당신이 보고 싶다.

그립다는 말을 주머니에 구겨넣고 당신이 좋아했던 노래를 들으며 걷는다.

자꾸만 그때로 돌아가고 싶은 어리석은 생각을 하며 달과 산책한다.

인연이 아닌 사람들의 생각에

너의 전부를 맞추지 마.

그건 너를 잃어가는 일이야.

너를 그대로 두면서도

온전히 이해하고 사랑해줄 사람은

분명 나타날 거야.

그러니 이해되지 않는 만남과 이별에

조금만 울기를 바라.

너의 진짜 인연은 너에게로 오는 중이니까.

내가 좀 덜 사랑스러운 날에도

따라 웃을 수 있게 먼저 웃어줘.

그럼 난 당신이 좀 느린 걸음으로 걸어도

따라 느리게 걸을게.

그리고 사랑한다고 말해줘.

그럼 내가 더 사랑한다고 말할게.

너와 타인이 되는 일

심장 옆에 당신이 있는 게 분명하다.
물론 당신이 이제 어디에 있는지는 중요하지 않다.

사랑하는 사람과 남이 된다. 그런 말은 당신과 헤어지기 전에는 생각해본 적도 없다.

사람은 생각보다 많은 말을 잊고 살고 또 많은 말을 담고 산다. 나와는 상관없다고 생각했던 말이 언제 나를 찾아와 심장을 뚫고 지나갈지 모른다. 통과된 이별의 말이 지나친 줄 알고 살았는데 여전히 심장 구석에 박혀 있는 것을 확인하는 일도 종종 있다.

사랑하는 사람과 남이 되는 것은 어떤 일일까.
당신과 헤어지기 전에는 생각해볼 일이 없었다.

그렇지만 당신은 떠났고, 나는 안타깝게도 당신보다 감정에 있어서 너무도 약한 사람이라는 것이 지금은 중요하다.

당신에게서 내가 우주의 먼지처럼 잊히고 있을 때 나는 당신이 준 감정과 말을 껴안고 닳도록 쓰다듬으며 지냈다는 것이 중요하다.

결국 나는 사랑하는 당신과 남이 되지 못했다는 그 말을 이렇게나 돌려서 쓰고 있다.

당신이 가려놓고 떠난 것을 혼자 남아 들춰보기라도 한 듯, 그걸 꼭 누구에게 들킨 기분을 매일 느낀다.

심장 옆에 당신이 있는 게 분명하다. 물론 당신이 이제 어디에 있는지는 중요하지 않다. 당신은 내가 앞으로 보낸 계절을 또 보내도 돌아오지 않을 사람이고, 그럼에도 내가 남이 되지 못한 사람일 테니.

영원한 건 없다지만

나는 그런 당신의 우주이고 싶었다. 모두 다 가볼 수 없지만,
정복이 목적이 아니라 바라보는 것만으로도
전부 가진 것 같은 느낌이 드는 우주이고 싶었다.

너는 내 영원이자 소원이었어.

내가 사는 도시에 유일한 별이고 나는 그런 당신의 우
주이고 싶었어.

내가 사는 도시는 언제나 회색이었다.

당신은 그 회색빛을 모두 걷어내주는 존재였고, 그렇
게 걷어낸 하늘에 유일한 별이 당신이었다.

나는 그런 당신의 우주이고 싶었다.

모두 다 가볼 수 없지만, 정복이 목적이 아니라 바라보

는 것만으로도 전부 가진 것 같은 느낌이 드는 우주이
고 싶었다. 소유가 목적이 아닌 당신 자체를 사랑하고
싶었다.

세상에 영원한 것은 없는 걸 알고 있었지만, 내 가치관
을 모두 흔들 만큼 그렇게 당신의 존재는 강력했다.
영원을 믿지 않는 내게 당신이 유일한 영원이면 좋겠
다고 생각했고, 당신이 떠나고는 자기 전 마지막 기도
가 당신이었다.

할 만한 이별은 없어

나는 이제야 말한다.
쌍방의 진실이 고요 속에 묻혀도 다시 소리를 내며 다가오고,
밀려오는 그리움이 있다고.

다시는 볼 수도 만질 수도 없을 것 같은 얼굴을 하고 멀어진 사람이 있었다.

이별은 생각보다 할 만한 것이고 우리 이별 또한 꽤 괜찮은 것이라고 말하던, 그런 사람이 있었다.

나는 이제야 말한다.

쌍방의 진실이 고요 속에 묻혀도 다시 소리를 내며 다가오고, 밀려오는 그리움이 있다고.

다시는 볼 수도 만질 수도 없을 것처럼 멀어진 사람이 모든 시간 공기처럼 숨 쉬고 있다고.

그래서 할 만한 이별은 없다고. 그건 조금이라도 덜 사
랑한 사람들이 하는 이야기라고.

사랑에 빠진 사람

그 사람이 행복해하던 얼굴은 이제 선명하지 않다.
분명 나를 보면서 그런 표정을 지었을 텐데.

사랑에 빠진 사람의 얼굴을 봤다.

통화 내내 행복한 눈빛에 표정을 하는 사람을 봤다.

누군가를 너무도 보고 싶어 하는 사람의 얼굴은 오랜
만이었다.

문득, 나도 저런 표정이 있었는데 그리고 저런 표정을
자주 만났었는데 싶었다.

그 사람이 행복해하던 얼굴은 이제 선명하지 않다.

분명 나를 보면서 그런 표정을 지었을 텐데.

내 곁에 있어주었으면

이제 와 또 우스운 사실은 이제 어떤 다정한 이를 만나도
어디 가지 말라는 말은 하지 않는다는 것이다.
내 곁에 충분히 다정하게 머무르다가 떠났으면 하니까.

"어디 안 갈 거지?"

과거에 연애만 시작하면 수없이 했던 말이다.

그런데 이제 와 우스운 사실은 저런 질문을 했던 사람
을 모두 사랑하지는 않았다는 것이다. 진짜 사랑인지
도 모르는데 마음 감별이 끝나기도 전에 상대방이 지
쳐 떠날까 걱정돼서 한 말에 가까웠기 때문이다. 결국
어린 나는 애착을 어디에 두어야 할지 몰랐던 거다.

다행히 내가 만난 사람들은 모두 다정하게도 어디 가
지 않겠다고 말해줬다. 물론 "사랑해."라는 말이 "지금

은 사랑해."라는 뜻인 것처럼 그것도 한정적인 머무름을 이야기한 거였지만.

좋은 말을 하면 좋은 사람처럼 보이기 쉬운 경우도 간혹 있었지만, 내 곁에는 나름 다정한 사람들이 머무르다가 떠났다.
일시적인 사랑이 무언가를 마비시키고 알 수 없는 감정들 위를 구름처럼 둥둥 떠다니다가 끝나버리기도 했지만. 그리고 그렇게 '나름' 다정했던 사람들도 모두 나를 사랑하지는 않았겠지만.
이제 와 또 우스운 사실은 이제 어떤 다정한 이를 만나도 어디 가지 말라는 말은 하지 않는다는 것이다. 내 곁에 충분히 다정하게 머무르다가 떠났으면 하니까.
어쩌면 나는 애착을 버리고 현실성을 얻었는지 모른다. 진한 로맨스의 기운을 영화에서만 얻는 것처럼.

당신이 아주 그립습니다

나는 그저 당신이 아주 그립습니다.
앞서 말한 이야기로도 느껴지겠지만
굳이 이렇게 한 번 더 적고 싶을 만큼 그립습니다.

당신이 혹시 온다면 앉으라고 말하려고 그렇게 비워둔
자리가 꽤 많습니다.

나는 당신이 함께 앉아 풍경을 바라볼 자리, 옆에 누워
서 머리칼을 쓸어 넘길 자리, 식탁 맞은편에 앉아 끼니
를 때울 자리, 그렇게 많은 곳을 비워두었습니다.

사람 하나가 왔다가 떠나면 이렇게 황량한 분위기가
공존하는 것을 알았습니다.

비워둔 자리가 지겹도록 쓸쓸해도, 그래서 대신 누군
가에게 앉으라고 말해도 해결되지 않는다는 것도 알았
습니다.

나는 그저 당신이 아주 그립습니다.

앞서 말한 이야기로도 느껴지겠지만 굳이 이렇게 한 번 더 적고 싶을 만큼 그립습니다. 그래도 아직 오시려면 멀었나 봅니다.

나도 당신이 떠난, 당신을 위해 비워둔 자리를 다시 채우기에는 아직도 멀었습니다.

헤어질 줄 아는 사람

왜라는 물음이 필요 없는 일이 세상에는 많다.
실은 이유가 없거나 이유를 몰라도 되는 일도 많다.

'만남이 있으면 헤어짐이 있는 법.'

이 말을 처음 봤을 땐 화가 났다. 왜라는 물음이 끊이
질 않았다. 영원한 만남만 추구하고 싶어 하던 나는 참
작은 사람이었다.
지나쳐 보내는 게 그렇게 많음에도 걸 수 있는 모든 인
연에 전부와 영원을 걸었으니까.
그땐 저 말을 이해해보고 싶지도 않으면서 버럭 화를
내며 이유를 물었다.

좋아하는 드라마도 끝나고 좋아하는 라디오의 디제이
가 하차한다는 소식을 들었다.
잠깐 울컥하고 마음속에 아쉬움이 자꾸만 피어나지만,
이제는 끝이라는 말이 시작이라는 말을 이해했기 때문
인지 헤어짐을 한결 받아들이기 쉬워졌다.

왜라는 물음이 필요 없는 일이 세상에는 많다.
실은 이유가 없거나 이유를 몰라도 되는 일도 많다.
그래도 의미부여 하는 것을 좋아하는 게 사람이니까.
나도 하나하나에 의미를 붙이며 살아가는 사람이니까.
가끔 헤어짐 앞에서는 그 의미를 마음속에 묻고 그냥
보내줘야 한다.
나는 이렇게 헤어질 줄 아는 사람이 되었다.

이상주의자의 사랑법

어느 구석에 앉아 나태하게 책을 읽고 사랑을 말하고 싶다.

내가 좋아하는 날씨만 계속되고 곁에 머무르는 따뜻한 모든 게 떠나가지 않는 상상을 늘 해왔다. 이루어질 수 없고 영원할 수 없는 걸 지속적으로 상상하는 것만으로 풀리는 스트레스가 있으니까.

어느 구석에 앉아 나태하게 책을 읽고 사랑을 말하고 싶다. 여유로움을 넘어서 한껏 게을러지고 싶다. 세상을 귀찮아 하면서도 더 살고 싶은 사람처럼. 현실과 이상의 괴리는 없는 것처럼.

나를 이상주의자라고 비웃던 사람들도 없는 낙원에 온 것처럼 그렇게.

당신이 쓸쓸하지 않기를

그저 난 당신이 쓸쓸하지 않기를 바랐어.
내가 쓸쓸한 걸 싫어해서, 그리고 당신을 사랑해서.

내가 싫은 건 당신도 싫겠지, 그렇게 생각했던 것 같
아. 그래서 당신의 쓸쓸함을 어떻게든 막고 싶었어.
그렇게 내가 더 쓸쓸한 사람이 되어가는 줄도 모르고
말이야.
당신을 사랑할수록 내 뒷모습이 얼마나 더 쓸쓸해져
갔는지 당신은 아직도 알 리가 없겠지.

그저 난 당신이 쓸쓸하지 않기를 바랐어.
내가 쓸쓸한 걸 싫어해서, 그리고 당신을 사랑해서.

다정해서 고마워요

항상 당신이 애틋하고, 나보다 잘됐으면 좋겠다고 생각했어.
나는 당신의 다정을 받아 자라난 사람이니까.

당신의 다정을 받아 자라난 사람이야, 나는.

살아가는 게 지겨웠던 내게 매일을 특별하게 만들어줬
어. 그림자의 따뜻함과 뒷모습의 소중함도 가르쳐줬어.
세상에 돈으로 가질 수 없는 게 많아질수록 얼마나 기
쁜지 몰라. 당신은 그런 즐거움을 내게 알려준 거야.
그래서 항상 당신이 애틋하고, 나보다 잘됐으면 좋겠
다고 생각했어.
나는 당신의 다정을 받아 자라난 사람이니까.

영화보다 더 영화 같은

나는 지금도 그때의 너를 생각하면 아파.
너와의 시간은 어떤 영화에 나오는 사랑 이야기보다 슬퍼.
우리는 그때처럼 계속 그리워하는 게 맞겠지.

우리가 스무 살에 함께 봤던 영화.

맞아, 우리 이야기가 될지 모르고 철없이 웃으면서 봤던 그 영화.

넌 사랑 이야기가 나오는 영화는 늘 유치하다고 생각하는 것 같았어. 그래서 사랑 이야기를 하는 영화를 보고 딱히 별다른 이야기를 나누지도 않았지.

그런 네가 헤어지고 내 생각을 하며 읽었다는 책과 영화를 쏟아냈을 때, 글자와 글자 사이에 있는 나를 미워하기 바빴다는 말을 했을 때, 바로 그때 우습게도 우리가 이별했다는 걸 조금은 받아들이게 되더라.

안 하던 말을 하는 너.
낯선 감정을 어쩔 줄 모르고 나에게라도 말해야겠다고
생각했던 너.

나는 지금도 그때의 너를 생각하면 아파. 너와의 시간
은 어떤 영화에 나오는 사랑 이야기보다 슬퍼. 우리는
그때처럼 계속 그리워하는 게 맞겠지.
아니, 이제는 네가 나라는 사람은 생각하지 않는다고
해도 나는 여전히 너를 적어야겠지.

그 어떤 영화보다 더 영화 같지 않니.

어쩌면 나는 견딜 수 없었나 보다.

그 사람 말고 다른 사람을 사랑하는 것도 힘들었지만

평생 할 이별을 다 한 것처럼 아팠으니,

또 누군가와 멀어질 일을 만들고 싶지 않았나 보다.

그래도 그게 여전히 사랑한다는 사실보다는 나아서

위안을 삼고 살 수밖에 없었나 보다.

이제 겨울도 지려고 하는데

당신은 거기서 안녕하신가요.

절기상 겨울은 지났지만, 아직 겨울옷을 입어요.

천천히 따뜻해지고 있을 테죠.

우리 사는 동네에도 곧 꽃이 피겠네요.

바람이 불면 그 꽃잎이 또 예쁘게 날리겠네요.

이제 이렇게 모든 겨울도 지려고 하는데,

금방 봄이 올 것 같은 기분인데,

이 애매한 계절을

당신은 어떻게 보내고 계시는가요.

당신은 거기서 안녕하신가요?

한 번쯤 나를 떠올리기를

어떤 풍경이 일렁이는 나를 닮았으면 좋겠어.
그립다는 말이 없어도 그리우면 좋겠어.
당신도 나를, 한 번쯤은.

당신도 어디선가 나를 닮은 문장을 만나, 풍경을 만나
내가 그리워지기를 바라.

그립다는 말이 없어도 그립다고 말하는 노랫말이 있잖
아. 그런 문장이 있잖아. 직접적인 말이 없어도 잔잔하
고 또 쓸쓸하게 그 사람이 그립다는 그런 거.
오늘은 유난히 그런 말들이 눈과 귀에 그리고 마음에
들어왔어.
마음에 약한 파도가 치고 있어. 당신이 그립다는 말은
하기 싫은데 말이야.

어떤 풍경이 일렁이는 나를 닮았으면 좋겠어. 그립다
는 말이 없어도 그리우면 좋겠어.

당신도 나를, 한 번쯤은.

기억의 유통기한

당신은 나에게 그런 사람이면 좋겠어.
인연이 기어코 빗나갈 것 같다는 수많은 예측을 뒤로하고 기필코
다시 내 우연 같은 사랑이 되는 그런 사람이면 좋겠어.

기억마다 유통기한이 다르니까 우린 같은 기억을 공
유한 사이여도 서로를 잊고 살 수 있는 거겠지. 그리고
지금 당신은 기억이 있지만, 감정은 없겠지. 이 두 가
지 가정만으로도 우리가 다시 시작할 수 없는 이유는
충분한 거겠지.

그런데 말이야, 삶에 늘 예측 불가한 변수가 생기잖아.
당신은 나에게 그런 사람이면 좋겠어. 인연이 기어코
빗나갈 것 같다는 수많은 예측을 뒤로하고 기필코 다
시 내 우연 같은 사랑이 되는 그런 사람이면 좋겠어.

내가 현실성이 떨어지는 단어를 믿는 건 당신이라는
사람 때문이야.

무지개를 품고 있었어

내가 손잡을 때 늘 확인했는데 당신 몰랐을 거야.
말랑말랑한 코끝을 톡톡 건드리다가
손을 잡을 때 무지개를 손에 쥔 느낌이었어.

당신은 무지개를 품고 다니는 사람이었어.

내가 당신 코끝과 손을 참 좋아했잖아.

다른 곳도 좋아하긴 했지만 유난히 좋았던 거, 당신 손목에는 늘 무지개가 있었어.

내가 손잡을 때 늘 확인했는데 당신 몰랐을 거야.

말랑말랑한 코끝을 톡톡 건드리다가 손을 잡을 때 무지개를 손에 쥔 느낌이었어.

그냥, 당신이 그랬다고.

아니, 내가 그랬다고.

당신을 구석구석 사랑하느라 바빴다고.

우리라면 영원도 가능하다고

당신은 어떨지 몰라도 나는 의심조차 안 했었어.
우리가 등을 돌린다고는, 우리 사랑이 영원하지 않다고는.

영원이라고 하면 영원인 거지. 내가 당신을 그렇게 사랑하기로 결정했으니 그런 거라고 믿었어. 그땐 멈추고 싶을 때 멈출 수 있는 건지 아닌지 따위는 궁금해하지도 않았던 거 같아. 그저 당신을 알고, 함께하고, 그게 내 몫인 것처럼 지낸 거야. 우리 약속은 그렇게 평생 유효할 거라 생각했고 몸이 멀어져도 언제든 다시 만날 수 있다고 생각했고 가능하지 않은 것도 우리 사랑 정도면 가능하게 할 수 있다고 믿었던 때였어.

끝나지 않는 노래처럼, 마침표가 없는 문장처럼, 늘 같은 자리에 있는 풍경처럼 우리는 그런 영원한 사랑을 한다고. 당신은 어떨지 몰라도 나는 의심조차 안 했었어. 우리가 등을 돌린다고는, 우리 사랑이 영원하지 않다고는.

그런 상상도 안 하는데 꿈에서라도 우리가 떨어지는 날에는 새벽에 얼마나 전화를 걸어댔는지 몰라. 당신이 잠결에 괜찮다고 말해주는 걸 듣고 싶어서.

사랑으로 온전한 세계

그때 우리가 함께 들어갔던 곳은 축구장이 아니라
세계였던 거 같아. 우리라는 세계.

우리가 밤에 들어간 축구장 있었잖아.

골대와 골대 사이 그 동그란 영역에 들어가서 좋아하
는 술을 함께 마셨잖아. 좋아하는 노래를 틀고, 좋아하
는 하늘을 보면서 그 밤이 끝나지 않길 바랐잖아.

너는 내가 말하면 잘 웃는 사람이었고 나는 네가 말하
면 자꾸 그 말을 곱씹었어.

그 말에 담긴 의미를 생각하고 나도 좀 더 그곳에 담겨
있고 싶었어.

너의 말이 나를 무언가 생각하게 만드는 게 좋았던 거
같아.

너의 말을 해석하고 우리가 어떤 사이일까 분석하는
게 좋았던 때였으니까.

나는 여전히 사랑할 때 너무도 서툰 사람이지만 그걸
보여줄 겨를은 없어.
그런 밤을 또 만나면서 살 거라는 기대는 여전히 한편에
있지만 그때보다는 좀 더 현실적인 사람이 된 거 같아.
우리가 함께 본 하늘, 별, 달 그런 풍경 있잖아. 사라지
기 좋은데 너무 낭만 있는 거.
그때 우리가 함께 들어갔던 곳은 축구장이 아니라 세
계였던 거 같아. 우리라는 세계.
사랑에 빠지기에 부족함 없었지, 그때.

너는 참 특별했어

좋아하는 풍경과 사람에 좋아하는 음악까지 더해지면
그 순간은 영원히 잊히지 않는 거겠지.

이름 때문에 특별해 보이는 게 아니라 특별하기 때문
에 이름부터 특별해 보이는 거야.

좋아하는 건 유난히 눈에 띄잖아. 길 가다 보이는 간판
에 좋아하는 단어나 그림이 있으면 한 번이라도 더 보
다가 사진첩에 넣고, 좋아하는 사람과 비슷한 사람을
발견만 해도 마음에 훅 바람이 부는 것처럼. 그래서 좋
아하는 풍경과 사람에 좋아하는 음악까지 더해지면 그
순간은 영원히 잊히지 않는 거겠지. 카메라로 찍은 것
처럼 마음에 걸린 그 사진은 너무도 특별해서, 빠르게
지나가는 계절에도 지워지지 않는 거야.

주황빛 풍경과 노을

그 사람이 시계를 찬 손으로 머리를 쓸어 넘기는 것도,
초점 없이 멍하니 낮은 시선으로 바라보는 것도 좋았어.
아무 말이나 뱉는데 다정한 그 언어들도 좋았고.

내 낭만에 꽃이 피게 해준 사람이 있었어.

서로의 부족함을 다 인정하지 못해서 보내줬지만, 꾸
역꾸역 등 떠밀리듯 보냈지만 여전히 버스 창가에서
떠올리게 되는 사람이야. 누구에게도 입 밖으로 꺼내
지 않지만 아직까지 하루도 빼놓지 않고 생각하는 사
람이야.

그때 그 사람과 했던 사랑만큼, 그 연애만큼 좋고 뜨겁
고 거침없는 건 다시는 없을 거야.

돌아갈 수 없는 그때를 추억하고 그리워하고 다시 문

고 지내는 게 내가 유일하게 반복할 수 있는 일이겠지. 그때를 생각하면, 잠깐 그때로 다시 돌아갈 수 있어. 희미해지는 기억도 있지만 어렴풋이 기억나면 더 아련해지곤 해. 어차피 내가 잊을 수 없는 거라면 더 단단히 기억하기로 했거든.

그래서 나는 오늘도 해가 지기 전 주황빛 풍경과 노을을 기억해. 새가 지저귀고 있었고 커튼 사이로 새는 빛에 눈을 깜빡였어. 서로를 애틋하게 만지고 바라보던 때 말이야.

그 사람이 시계를 찬 손으로 머리를 쓸어 넘기는 것도, 초점 없이 멍하니 낮은 시선으로 바라보는 것도 좋았어. 아무 말이나 뱉는데 다정한 그 언어들도 좋았고.

그 뒤로도 나는 쭉 그 사람을 사랑했고 해가 지기 전 주황빛 풍경과 노을을 좋아했어. 떠오르는 것보다 지는 게 훨씬 낭만 있잖아. 그 사람을 닮은 모든 걸 사랑하기 시작한 거야. 그러기로 결정한 지 얼마 되지도 않아서 그렇게 되어버렸어.

당신만큼은 나의 확실한 행복

당신은 내가 좋아한 그런 여행 같았다.
떠나서 다시는 돌아오고 싶지 않은 확실한 내 행복.
불확실한 행복들 속에서 쉽게 만날 수 없는 보기 드문 그런 사랑.

불확실한 행복 속에서 당신만큼은 뚜렷한 나의 행복이
었다.

확실한 행복이라고 단언할 수 있는 날이 얼마나 있을까.
여행을 떠날 때마다 그 생각을 한다. 이렇게 벅찬 순간
이 있어서, 황홀한 풍경 앞에 행복하다고 느낄 수 있어
서 다행이라고.
당신은 내가 좋아한 그런 여행 같았다. 떠나서 다시는
돌아오고 싶지 않은 확실한 내 행복. 불확실한 행복들
속에서 쉽게 만날 수 없는 보기 드문 그런 사랑.

당신의 말투, 손짓, 몸짓

그렇게 처음 느껴본 황홀함은 당신의 언어로부터 시작됐다.
내 세상에 쏟아지는 별빛도 전부 당신이 만들어준 것이었다.

당신의 언어가 마음으로 오면, 마치 별이 쏟아지듯 온
세상이 환해지곤 했다.

다른 세상을 만나게 해주는 언어가 있다. 당신의 말투,
손짓, 몸짓이 그랬다.

어떤 날은 환한 아침에도 그날 밤에 고여 있는 느낌을
주고 어두운 새벽에도 막 해가 뜬 것 같은 느낌을 주
었다.

그렇게 처음 느껴본 황홀함은 당신의 언어로부터 시작
됐다. 내 세상에 쏟아지는 별빛도 전부 당신이 만들어

준 것이었다.

온 세상이 환해지면 당신에게서 받은 언어를 더듬어보
고, 그 기억을 쓰다듬어 본다.
당신이 주는 그런 날들이 있어 더 오래 살아보고 싶다
는 생각으로 사는 건지 모른다.

당신에게 묻는다

사랑이 어디에나 있다고 한 건
실은 내가 아직 당신을 사랑하기 때문이었다.

주황빛 하늘, 어린아이의 천진난만함, 밤새 내리는 비,
사랑하는 이의 목소리.
이처럼 나를 유독 약하게 만드는 것이 있다.
진한 향수처럼 몸 안 어딘가에 베어 있다가 코끝이 찡
하게 올라오는 것.

사랑이 어디에나 있다고 한 건 실은 내가 아직 당신을
사랑하기 때문이었다.
늘 사랑을 품고 사는 사람이 있으니 사실 사랑은 어디
에나 있는 거라고 그렇게 우기고 싶었나 보다.

그렇게 한없이 약해진 날에는 당신에게 한 많은 질문을 다시 읽는다. 당신은 대답이 없으니, 내가 한 질문을 되새겨보기라도 하는 것이다. 이 구절에서는 어떤 생각을 했을까, 수천 글자 사이에서 단 한 번이라도 흔들려 대답하려 한 적이 있을까 그런 생각도 함께 하면서.

대답이 없는데 언제까지 질문할 수 있을까 그런 생각은 이제 없다.
여기까지 온 것만으로, 당신을 여태껏 사랑으로 부르는 것으로 이미 충분하다.

우리가 된 이야기

외로운 나를, 상처 많은 나를
알아봐줘서 고마웠어.

외로운 사람이 더 외로운 사람을 알아본 거야.

상처 많은 사람이 더 상처가 많은 사람을 알아본 거야.

이것은 너와 나의 이야기야.

나는 우리가 우리라는 말로 처음 묶이던 순간을 기억
해. 뭐든 다 괜찮았던 그 날들은 잊을 수가 없어. 넌 다
잊었을지 몰라도 난 그래.

우리를 부정하기보단, 아직 우리로 묶일 방법으로 너
를 적는 걸 택한 거야.

아무도 사랑하지 않으려는 느낌이 들 때 나를 사랑해준 너는, 우리가 만난 계절에 날씨였고 나의 구원이었어.
외로운 나를, 상처 많은 나를 알아봐줘서 고마웠어.
아직도 그게 고마워서 너를 잊지 못하는 거로 하자.
한때 너와 우리로 묶일 수 있었던 게 나에게는 자랑이자 기쁨이야.

네가 어떤 계절에도 아프지 않기를, 상처와 외로움 모두 자주 잊고 살기를 바랄게.

이런 게 사랑일까?

차라리 매일 생각나면 사랑이다,
생각나지 않으면 사랑이 아니다.
누가 그렇게 정의라도 내려줬으면 좋겠다.

사랑이 어디에나 있다고 한 건 실은 잊지 못한 사람이 있어서이기도 했다. 이렇게 지금처럼 잊지 못한 사람도 없고, 벅찬 사랑을 하는 것도 아니고, 절절한 이별을 하는 것도 아닐 때는 사랑이 없다고 생각하기도 한다. 사랑한다고 생각했던 순간들을 돌이켜보면 사랑이 아니었을 때가 많았으니까.

사랑이 어디에서부터 와서 어디로 사라지는지 궁금해하던 때가 있었다. 그리고 눈에 보이지 않는 걸 믿게 되는 과정은 생각보다 아팠다. 지금의 나는 눈에 보이

지 않는 사람을 하루도 빼놓지 않고 생각하면 여전히
사랑하는 걸까 그런 의문 속에 살고 있다.
벅차지도, 가슴 절절하지도 않게.
양치를 하다가 문득, 버스 안에서 창밖을 보며 문득,
영화를 보다가 문득 그렇게.

예전만큼 괴로워 고개를 내젓지도 않으며 서럽게 울지
도 않으며 그냥 생각한다.
'그냥'이라는 말이 대충 같아서 싫었는데 이렇게 딱 어
울리는 상황을 만났다. 그토록 감정이 떠나가길 기다
렸는데 이제는 정말 상황만 남은 걸까.

차라리 매일 생각나면 사랑이다, 생각나지 않으면 사랑
이 아니다. 누가 그렇게 정의라도 내려줬으면 좋겠다.

당신의 마음이 날아왔어요

영원한 걸 믿지 않는데 이 감정만큼은,
당신만큼은 또 영원이라면 좋겠습니다.

'마음'이라는 단어가 참 어여쁘게 느껴질 때가 있어요.
마음이 마음에게 쏟아지는 모습, 마음과 마음의 간격
이 친밀함에 따라 좁혀지는 느낌이 좋아서요.
아득히 먼 곳으로부터 날아온 당신 마음이 지구에서
하필 나라는 사람 품에 들어와 자꾸만 안겨요.
영원한 걸 믿지 않는데 이 감정만큼은, 당신만큼은 또
영원이라면 좋겠습니다.
이런 내 마음도 당신에게 어여쁘게 느껴진다면 좋겠어요.

당신의 눈동자에 비친 나를 보는 일만큼

벅찬 일이 세상에 또 있을까 싶다.

당신 눈동자에는 따뜻한 것만 보였으면 좋겠다.

그중에 내가 당신에게 가장 따뜻하면 좋겠다.

당신 눈에 나를 담을 땐 세상이 달라지면 좋겠다.

가장 많이 담고 싶은 사람이 나라면 좋겠다.

맞은편에 꽃처럼 피어 있어라 당신은.

같은 마주침으로 웃어주지 말고.

같은 숨을 쉬면서

나를 지켜봐주는 사람으로 함께 있으면

시간이 끝나지 않는 사람으로 내내 거기 있어라.

삶이 언제 끝날지 모르지만

같은 사람으로 나를 기다려주는 사람으로

내 삶을 같이 살아주라.

너에게 고백하는 계절이다

당신은 내게 이별의 이유가 아니라 존재의 이유입니다.
가을이 왔다는 핑계로 고백하고 싶었습니다.

저마다의 이유로 이별을 합니다.

이별의 이유가 사라졌다고 해도 달라질 건 없을 테죠.

생전 처음 만나는 길에 서 있다가 다시 서로가 있는 방

향으로 좁혀질 일 또한 없겠죠.

그러나 가을이 왔다는 이유로 문턱을 넘으며 당신이

멀어진 방향으로 다시 고개를 돌립니다.

당신은 내게 이별의 이유가 아니라 존재의 이유입니다.

가을이 왔다는 핑계로 고백하고 싶었습니다.

다른 계절이 와도 마찬가지겠지만, 내게는 사실 매 순간이 그렇다고 한번은 말하고 싶었습니다.

당신을 기쁘게 하는 건 무엇인가요

수많은 질문 뒤에 가려진 증오가 모두 증발됐는데
여전히 당신의 기쁨은 내 앞에서 자취를 감추네요.

당신을 기쁘게 하는 건 무엇인가요?

길거리 예쁜 아이의 웃음입니까?
큰 숫자 뒤에 붙은 0들입니까?
하루 끝에 들이키는 술 한잔입니까?
나의 말 한마디, 아니면 침묵입니까?

어떤 것이 당신을 기쁘게 하나요?

질문을 하지 않는 것입니까?

대답을 하지 않는 것입니까?

어떤 것이 당신에게는 기쁘게 왔다가 아프게 사라지는
것인지요?

내가 사라질 때까지 궁금해 해도 알 수 없었습니다.

수많은 질문 뒤에 가려진 증오가 모두 증발됐는데 여
전히 당신의 기쁨은 내 앞에서 자취를 감추네요.

유일한 사람을 바랍니다

나를 움직이는 유일한 사람이
당신이었으면 좋겠다고 빌었습니다.

나의 세계는 당신 앞에서 한 번도 닫힌 적이 없습니다.
선잠에서 눈을 뜨면 늘 당신이 앞에 있었으면 했어요.
더 무언가를 하지 않아도 된다고 혹은 잠에서도 깨고
마음에서도 깨어나 무언가를 하라고 그렇게 말해주길
바랐습니다.

나를 움직이는 유일한 사람이 당신이었으면 좋겠다고
빌었습니다.
삶이 이어지는 동안에 당신이 내 곁에 없는 것을 단 한
번도 기뻐해본 적이 없어요. 심장의 떨림이 손끝까지

전해져 오는데 박자에 맞춰 잔상이 흔들리는데 당신의
세계는 왜 내 앞에서 거듭 닫히고 말까요.